U0689179

Веселые похороны   Людмила Улицкая

欢 乐 的 葬 礼

［俄罗斯］柳德米拉·乌利茨卡娅——著

张慧玉 徐开——译

浙江文艺出版社

版权合同登记号：图字：11-2021-118号

图书在版编目（CIP）数据

欢乐的葬礼 /（俄罗斯）柳德米拉·乌利茨卡娅著；张慧玉，徐开译. —杭州：浙江文艺出版社，2021.10
ISBN 978-7-5339-6567-9

Ⅰ.①欢… Ⅱ.①柳… ②张… ③徐… Ⅲ.①中篇小说—俄罗斯—现代 Ⅳ.①I512.45

中国版本图书馆CIP数据核字（2021）第121544号

责任编辑　诸婧琦　沈逸
责任校对　许红梅
责任印制　吴春娟
封面设计　棱角视觉
营销编辑　张恩惠

欢乐的葬礼

[俄罗斯] 柳德米拉·乌利茨卡娅 著　张慧玉　徐开 译

出版发行　浙江文艺出版社
地　　址　杭州市体育场路347号
邮　　编　310006
电　　话　0571-85176953（总编办）
　　　　　0571-85152727（市场部）
制　　版　浙江新华图文制作有限公司
印　　刷　杭州富春印务有限公司
开　　本　880毫米×1230毫米　1/32
字　　数　105千字
印　　张　6
插　　页　4
版　　次　2021年10月第1版
印　　次　2021年10月第1次印刷
书　　号　ISBN 978-7-5339-6567-9
定　　价　56.00元

一

　　天热得一塌糊涂，湿度达到百分百。整座大都市，包括冷冰冰的高楼大厦、奇异魔幻的公园以及肤色各异的人与狗——都好像达到了相变点，半液化的人们仿佛随时都可能会飘浮到汤汁一般的空气中去。

　　浴室永远都有人占着，而外面还有人站队候着。大家已经有段时间不用操心穿衣服了，赤身裸体；瓦莲京娜通常也什么都不穿，但这会儿穿了一件文胸，以防她那对巨大的胸脯在热浪中互相蹭伤发炎。每个人身上都湿淋淋的，汗水没法从身体上蒸发掉，毛巾没法晾干，而头发必须用吹风机才能吹干。

　　百叶窗半开着，穿过去的光一条条地铺在地板上；空调已坏了有些年头了。

　　卧室里一共待着五个女人。瓦莲京娜穿着红色文胸；

尼娜戴着金色十字架，留长发，十分清瘦，以至于阿利克曾跟她说，"尼娜，你瘦得就像那只蛇篮子"。（那只篮子立放在房间的一角——阿利克年轻时曾到印度去探寻那里的古老智慧，然而，他带回来的，只不过就是那只篮子而已。）

同在的还有邻居焦亚。这个有些傻气的意大利人之所以搬到这楼里来，是希望能在这陌生的环境里学点俄语。她对这里的人有生不完的气，但既然大家从来都不会注意她兀自想象出来的各种轻蔑，她也便总能宽宏大量地原谅他们。

伊琳娜·皮尔森从前是马戏团的杂技演员，如今是一位收入颇丰的律师。她看起来光彩照人，身上有上蜡防水的比基尼线，胸脯不久前由一位技术可靠的美国医生动过手术，但看起来并不比没动过刀时差。和她一起的是她年方十五的女儿麦卡，被人唤作"小T恤"（在俄语中，"麦卡"的意思便是T恤），长得胖乎乎的，有点笨手笨脚，戴着眼镜，是这里唯一穿着衣服的人。"小T恤"穿了一条宽松的百慕大短裤，自然还套了一件T恤，上面印着一只电灯泡，还用俄语印着醒目的大写文字"他妈的！"这件衣服是阿利克去年送给她的生日礼物，那时候他多多少少还能动手创作。

阿利克自己躺在一张宽大的沙发床上，看起来像他"自己的儿子"一般瘦小、年轻，只不过他和尼娜并没有孩子，而现在再要显然已经太晚了。一种慢性瘫痪正在吞噬着他残余的肌肉组织，他的四肢软弱无力，摸起来半死不活，处于某种过渡状态，像石膏浆一般。他身体最鲜活的部分便是那一头兴高采烈的红头发，竖在头上像一把刷子；还有那一抹蓬乱的胡子，在他瘦削憔悴的脸上显得十分茂盛。

　　这是他住家休息的第二个星期。他告诉医院的医生们，他不想死在那里。其实另有不为他们所知的其他原因，他没有告诉他们。在那家快节奏的医院里，医生像做快餐一般看病，从来都没有闲暇看病人的眼睛，只来得及看看医疗终端设备，或他们的喉咙，或其他有毛病的地方。即便在那样的地方，阿利克也深受大家喜爱。

　　他所住的公寓六楼，像大街一般从早到晚挤满了人，有的人还会留下来过夜。要是开派对，这是个极好的场所；但对正常生活而言，则显得无可救药。这是一间修缮过的老阁楼仓库，一端粗陋地分隔出一间极小的厨房、一个洗浴单元以及一间带着一抹小窗户的狭窄的卧室。另外，还有一个大工作室，带两个大窗户。

　　大套间的一角铺着一张地毯，那些晚来的客人或流浪者访客便睡在上面，有时候会五个人挤在一起。没有前门，人可以直接从杂物电梯那里走进来。在阿利克搬进来之前，会有成捆的烟叶通过电梯运上来，尽管已经快二十年了，但那股子烟叶味至今在空气中徘徊不散。他当时连租约都没认真看一下便签了，但事实证明这么做真是对他格外有利，因为他几乎就没为这地儿付过房租，通常是有其他人付掉了。他自己呢，已经有很长时间身无分文了。

电梯门哗啦开了，菲马·格鲁伯走了进来，一把拽掉他淡蓝色的工作衫。那些几乎赤身裸体的女人都没看他，他似乎也没有注意到她们。他挎着祖父的旧医药包，那还是他从乌克兰的哈尔科夫一路带过来的。菲马是家里的第三代医生，受过良好的教育且颇有创见，但不知怎的却时运不济，至今还没能通过美国的医学考试，五年来只委身于一个临时性的工作，屈才在一家收费昂贵的私人诊所当实验室助理。他每天都会来看看阿利克，希望能够时来运转帮上他。

他弯下腰问阿利克："老家伙，今天感觉如何？"

"哦，是你来了。你带时刻表来了没？"

"时刻表？"菲马疑惑了。

"摆渡的时刻表。"阿利克虚弱地笑了笑。

完了，他的心智已经游离了……菲马这么想着，走进厨房，在冰箱冷冻室里翻找冰格盘子。

白痴，他们全都是白痴……我讨厌他们……麦卡暗想着。她最近在研读希腊神话，很清楚阿利克心里想的并不是南码头的摆渡船。

她大步走到窗边，带着怒气，一脸傲慢。她翻开百叶窗的一角，向下看了看街道，那里总有东西来来往往。

阿利克是她生活中第一位赢得她尊敬的大人。和许多美国孩子一样，她由于只跟其他孩子说话，甚至不乐意与妈妈交流，从小便没由头地被拽着去看一个又一个心理治疗师。学校的老师们看了她写的作业，干净、准确、简洁，只得耸耸肩给她高分。治疗师们则想出各种牵强附会的理论来解释她奇怪的行为；他们喜欢不按常理出牌的孩子，这些孩子是他们的面包黄油、衣食父母。

麦卡第一次见阿利克，是在他的画展开幕时。伊琳娜刚从加利福尼亚搬到纽约不久，突然间所有朋友都不在身边了，她便叫自己笨手笨脚的女儿陪自己去画展，麦卡同意了。伊琳娜年轻时在莫斯科便认识阿利克了，那时她还在马戏团工作。他们上一次在美国见面已经是很多年以前了，年头太久，以至于她都不再去想再次见面时将会对他说些什么。真见面了，他把左手放在她的夹克纽扣上，用力猛地一拧，便扯了下来。那颗纽扣上有一只肥大闪亮、看起来像母鸡的鹰。他把纽扣抛向空中，接住，然后打开手掌瞥了一眼，说道："有点事，我得告诉你。"

他的右手毫无生机地挂在体侧，左手则捋着她浓密的淡棕色秀发。她每一股头发都用珍珠镶边的黑色丝绸蝴蝶结整齐地绑好。他在她耳边低语道："伊尔卡①，我要死了，大概。"

哦，你要死了；对我来说，你很久之前就死了。她这样想道。然而，此刻，她的心窝里像被锋利的刀片绞伤一般，她感到疼痛顺着刀口直透脊背。麦卡站在附近，看着她。

"去我那里吧。"阿利克说。

"我和女儿一起来的，我不知道她愿不愿意去。"伊琳娜回答说，一边朝女儿望过去。

这个小姑娘通常哪里也不愿意和她一起去，今天也是好不容易才说服她一起来的。

"你想到我艺术家朋友的工作室去吗?"她问麦卡，确信她一定会拒绝。

但是，麦卡只说了一句："这个红头发的家伙? 好的。"

所以，他们就去了。阿利克的新画作让伊琳娜想起了

---

① 伊尔卡，伊琳娜的昵称。

6

他的老作品。几天后，她们碰巧经过，便又一次造访。中间伊琳娜被叫去开一个紧急会议，便把麦卡留在工作室，让她和阿利克待几个小时。回来时，她发现他俩像两只愤怒的小鸟一般，互相尖叫着，阿利克上蹿下跳，挥动着左胳膊，他的右胳膊已经废了，几乎毫无用处。

"你怎么就想不到这该是不对称的呢？就是这么个情况！对称早死掉了！死路一条！短路了！"

"不要叫了！"麦卡吼道。她满脸通红，脸上的每一块小雀斑都要迸出来了，美国腔却比平时都要重。"也许我就喜欢对称！你又能怎么样呢？为什么大人总得是对的才行？"

阿利克把胳膊放下来。"唉，你知道……"

伊琳娜看着这一幕，几乎要惊喜得晕倒在电梯旁。不知不觉中，阿利克已经毫不费力地赶走了女儿的自闭症，这个病从五岁起就一直折磨着她。一股久远的怒火从她心里跳跃出来，然后又熄灭了：为何还要带麦卡去看心理治疗师呢？我可以把这个人带到她面前，而显然，这也正是她所需要的。

二

电梯又哗啦开了，尼娜看到工作室门口站着一位新的访客。她套上黑色和服，冲出去迎接她。

这是一位矮墩墩且无比肥胖的老妇人，她上气不接下气地坐到矮扶手椅上，把一个鼓鼓囊囊的服装购物袋夹在两腿之间。她热得浑身通红，冒着蒸汽，两颊像俄式茶炊一般闪烁着微光。

"玛丽亚·伊格纳季耶夫娜，我盼了你两天了！"

老妇人坐在椅子边缘，两只粉色的大脚分得很开，挤在小巧的新式连袜鞋里，这可是遍寻美洲大陆也找不到的款式。"亲爱的，我没忘记你呢，我的精神一直与阿利克同在。从昨天傍晚六点起，我就一直想着他的事。"她把手举到尼娜面前，那双手扭曲、萎缩，指甲微微带青色。"亲爱的，我紧张死了，血压上升，几乎走不了路。这可恶的热天气呀。不管了，这应该是最后一波热天了。"

她从袋子里拎出三个大黑瓶子，里面装着黏稠液体。"我给他混调了这些新油膏，可以给他擦一擦、闻一闻。这个是擦脚的，放一点到布上，把他的脚包起来，然后在上面扎一个塑料袋，搁上几个小时。如果有点掉皮的话，不用理会，只要把布摘下来后好好洗洗脚就行。"

尼娜全神贯注地看着这位"袋子夫人"，以及她调制的药物。她把最小的一个瓶子贴在一边面颊上，好凉快一下，然后把所有的瓶子都收进卧室。她拉高了一下百叶窗，把它们全都放在窄窄的窗台上，那上面已有一些瓶子等候多时了。

玛丽亚走进厨房，忙着沏茶，不是冰镇美式茶，而是带果酱和糖的俄式热茶。这么热的天，也只有她才喝得下。

尼娜甩甩她的长发，她的头发染成了金色，但涂层正逐渐褪去，露出底下深银色的色泽来，她开始往阿利克脚上敷布。敷完之后，她在他身上盖了一条薄床单，是某种苏格兰格子呢仿制品。

玛丽亚·伊格纳季耶夫娜同菲马聊着天，菲马想知道油膏的疗效。

她温和但不屑地凝视着他，说道："疗效？叶菲姆·伊萨基奇！菲马！什么疗效！这些闻起来就是泥土的味道。

全凭上帝发落，我只能这么说。我自己亲眼见过，有的人正往死路上走，马上就要死了，但是，上帝却不让他们走。那些植物里有神力，可以穿透岩石。你只要最上面一点点就行。我就只用最上面一点点，哪怕根部也是这样。有人都弯到地上去了，但下一分钟便轻轻松松地站得笔直！菲马，你必须得相信上帝。没有上帝的话，连植物都长不起来！"

"我想你是对的。"菲马淡淡地说道，一边摩挲着自己的左脸颊，脸颊上仍布满他年轻时旺盛荷尔蒙留下的痕迹。

他学植物学的第五年时，曾学到正趋光性，而眼前这位面如抹布的妇人突然就此发表了一番含糊不清但高深莫测的言论。然而，作为医生所掌握的知识技能告诉他，阿利克没什么希望了，他那受诅咒的病没得救了。他最后那点能活动的肌肉在膈膜处，现在也已逐渐僵化。接下来几天，他必定会窒息而死。在这种时候，美国佬通常面临一个问题：什么时候关掉机器？对于这个问题，阿利克自己已经提前给出答案：他选择在一切结束前离开医院，这样一来，也就拒绝了通过使用可悲的药物来人工延长生命。

这让菲马压抑地想到，在某个时间点上，他很可能得给阿利克一些止痛药，缓解窒息对他的折磨，但副作用是会抑制呼吸系统，因而也会让他丧命。但没什么别的选择了。之前叫过两次救护车把他送到医院抢救，可现在已经不考虑这个了，再给他伪造各种证件风险很大，也十分困难。

"祝你好运！"他对玛丽亚·伊格纳季耶夫娜轻声说，抓起包，匆匆忙忙地走了，都没来得及道别。

玛丽亚猜他可能想起了什么事。她对这个国家的生活了解甚少。一年前，一个病重的亲戚把她从白俄罗斯叫来，但是等她填完表格、办好手续准备出发时，亲戚已经去世了，她带着神奇之力与走私草药漂洋过海而来，却百无一用。这也不尽然；事实上，她发现在这里也有人对她的手艺崇拜有加，因而进行着非法、无照的行医活动，对后果毫无畏惧。没有人告诉她任何有关税收或执照的事情，她对这里的办事方式惊讶不已。她看病救人，把他们从另一个世界强拽回来——她有什么可惧怕的呢？

尼娜在曼哈顿的一个小东正教堂认识了她，立马意识到，上帝把这位明智的女人带到她面前是为了阿利克。一二年前，阿利克还没有生病时，她转信了东正教，不再容许迷信活动，认定自己钟爱的塔罗牌是一宗罪孽，转而把它们送给了焦亚。

玛丽亚·伊格纳季耶夫娜在厨房叫她，她匆忙进去，往一个杯子里倒了一些橙汁，然后加满伏特加，而后又放了一把冰块。她现在总是以美国佬的方式喝酒，调得淡淡的、甜甜的，可以喝个不停。她用调酒棒搅拌了一下，大口地喝着。玛丽亚也搅了搅茶，然后把勺子放在桌上。

"现在，你听我说，"玛丽亚很坚决地说，"他必须受洗，否则什么都没用。我是认真的。"

"玛丽亚·伊格纳季耶夫娜，他不想受洗，我得告诉你多少次才行呢？他不想受洗！"尼娜突然怒了。

"没必要大喊大叫，"玛丽亚·伊格纳季耶夫娜那张几乎没有眉毛的脸皱了起来，"反正我很快就回家了。我那张纸已经用完了。"（她指的是她那张很早以前就过期了的签证，她从来都记不住一个外语词。）"那张纸已经用完了。过二三天我就走了。他们已经给我搞到票了。你必须找个神父，否则我只好放弃他了。尼娜，如果你能找到神父，我会努力救他，用这个或其他方式，甚至可以把他从那边拽回来。如果找不到，就没希望了。"她夸张地向上甩着双臂。

"我什么也做不了。他不想受洗。他只是笑。他说，好吧，让你的上帝把我带走，我不属于任何派别。"尼娜耷拉着她脆弱的小脑袋说道。

玛丽亚·伊格纳季耶夫娜睁大了眼睛："姑娘，你怎么回事？慈悲的上帝在乎什么派别呢？"

尼娜轻蔑地挥了挥手，大口喝掉了剩下的酒。

玛丽亚·伊格纳季耶夫娜自己倒了一点茶。"尼娜，我真替你难过，真的。我们的上帝府邸众多。我见过许许多多好人，甚至包括犹太人，各种各样的人。上帝给他们所有人都安置了地方。我的康斯坦丁被带走了，望他安息。他受洗了，而现在，他在应在的地方等着我。我不是什么圣徒。我和他只一起生活了两年，我二十一岁就守寡了。我干过一些蠢事，这一点我承认，我有罪。但他是我唯一的丈夫。现在，他在那里等着我。你能看到我得到了什么吗？如果你到了那边还想跟他在一起，他就得受洗。如果有必要的话，别让他知道好了。"

"你说'别让他知道'是什么意思？"尼娜吃惊地问道。

"我们得瞒着所有人。"玛丽亚·伊格纳季耶夫娜耳语道。尽管其他人这会儿都围着阿利克，厨房是空的，但她还是把尼娜推进了厕所。她坐在粉色的马桶盖上，尼娜则坐在塑料的洗衣槽上，在这么一个不大合适的场所听着她的指示。

不一会儿，法伊卡到了。她强壮得像个胡桃夹子，脸上毫无表情，头发灰白硬直，像一根根稻草般竖着。她是最近才到美国的几个人之一，但很快就适应了。

"嘿，我买了一个新相机！"她在门口大声宣布，走到阿利克跟前，在他一动不动的头上挥舞着盒子，"这是一个带反转胶片的宝丽来！我可以给你照相啦！"

这个国家还有很多法伊卡没尝试过的东西，她急着要去买每一样物品、品尝每一样美食、检验每一样东西，以对所有的事情形成看法。

瓦莲京娜用床单给阿利克当扇子，朝他身上扇着微风，可他其实是唯——个不太会感觉到热的人。她把床单扔到一边，滑到他身后，背靠着床头板坐下来，把他拉起来，让他深褐色的头靠在自己的心口上。她的祖母曾经告诉她，心口是她"小灵魂"的家。突然，怜悯的泪水涌了出来；他可怜的头无助地、懒洋洋地靠在她的胸口上，就像还撑不起脑袋的小宝宝一般。他们的风流韵事由来已久，但她从来都没有像现在这样强烈、深切地渴望把他拥在怀里，抱着他，或者更好的是，能把他深藏在自己的身体里，这样就能保护他躲避该诅咒的死神——显然，死神已经触及他的胳膊和腿了。

"姑娘们，过来吧！公鸡啼鸣啦！"她大声叫道，嘴上挂着一抹笑容，窝在"红色包裹"里的丰满大胸悬在阿利克头顶，她用手抹去前额上的汗珠以及脸颊上的眼泪。

焦亚坐在床的一边，把阿利克的腿绕膝盖弯折起来，用自己的肩膀支撑着；另一边坐着麦卡，她在寻求对称构图的拍照角度。

法伊卡把镜头翻转过来，寻找取景器，终于眯起眼睛用相机对准了。"哎，阿利克，你的蛋蛋挡路了，盖起来！"她命令道。

前景是尿袋的导管。

"把这么可爱的东西盖起来？这是什么主意！"瓦莲京娜哼哼道。

阿利克抽动了一下嘴角，说："现在就这么点难能可贵的小用途啦。"

"等等，法伊卡。"瓦莲京娜叫道。她一边把尼娜嫁妆里的两个大俄罗斯垫子塞到他背后，一边挪下床，轻轻地把敏感处与尿管连接处的粉色石膏剥下来。

"让他歇一小会儿，自由放松。"她说。

阿利克笑了；他喜欢笑话，哪怕是二流的笑话。瓦莲京娜很快开始工作，手法娴熟。有一种女人生来就会照顾人，她们的手天生了解一切，不需要有人教。

麦卡再也受不了了，从床上跳下来，离开了房间。她去年尝试过做爱，首先是与杰弗里·列申斯基，然后是和汤姆·凯恩，得出的结论是，在这个世界上，她根本不需要性。但出于某些原因，瓦莲京娜的尿管"仪式"以及抚摸他的方式让她心头一震。她们为什么都那般黏在他身边呢？

这时浴室恰好空出来了。麦卡脱下短裤时隔着布料触到了那只长方形小盒子。她把所有的东西都小心地包起来，以保证不掉出来任何东西。她昨晚躺在阿利克身边，不是整晚，只是几个小时。尼娜下床睡在工作室里，但阿利克没有睡，叫她过去，她答应他的所有要求，而现在，这个小盒子证明，她确实是他最亲近的人。

热气使得管道里的水都是热的，所有的毛巾都湿漉漉的。麦卡尽可能擦干身子，套上衣服，遛出了公寓：她知道自己不想和他一起拍照。

她下到哈得孙河，向轮渡码头走去，想着这个尽管使她恼怒却还算正常的大人如今要去世了，她又要被孤身遗弃在不计其数的白痴中间，俄罗斯人、犹太人、美国人，这些白痴从她出生起就包围着她了。

三

　　阿利克的视力出了问题。眼前的事物时而消失，时而变得模糊，密度改变、扩张了，朋友们的脸庞变得液态化，物体则像在流动。但这种流动不仅没有让人不快，反倒让人感到快乐，以一种新的方式展现物体之间的联系。房间的一角被一块旧滑雪板隔开了，脏兮兮的白色墙壁从那里欢快地朝各个方向铺开来。地上盘腿坐着一个女人，后脑勺靠着墙壁，她把那些起伏波动切断了，而她头靠着墙壁的点，是整个画面中最稳定的部分。

　　有人把百叶窗拉了起来，光线落在瓶中的黑色液体上，在窗台上闪烁着绿色与金色。那些液体高高低低，参差不齐，瓶身排列宛若木琴，突然唤起了阿利克年轻时的梦想。那些年，他曾画了许许多多瓶子的静物画。成千上万的瓶子，可能比他喝空的酒瓶还要多。不，应该还是他喝空的酒瓶更多。他微笑着闭上了眼睛。

　　但那些瓶子并没有消失，它们苍白无力地立在那里，像他眼皮另一边波浪状的柱形物。他意识到这很重要。这一意识缓慢且幽深地悄然进入他的脑海，像一朵松散的云。瓶子，瓶子的节奏，音乐响起来。斯克里亚宾的轻柔音乐。仔细研究后，这些却又变成了肤浅、机械的废物。他后来学了一些光学、声学的东西，但两者都不是事情的关键所在。他画的静物并不差，只是毫无意义：他尚未领悟莫兰迪那些形而上的静物。

　　所有的那些画作都随风而去了，现在，除了还有几幅存放在彼得堡的朋友处，或莫斯科的卡赞采夫家里，其他的都没有留下来。天哪，那些日子里，他们是如何开怀畅饮！他们收集瓶子，扔掉普通的，国外或古旧的彩色玻璃瓶则被收藏起来。

　　在莫斯科，卡赞采夫家房子的房檐是马口铁片，上面摆放着深色玻璃的捷克啤酒瓶。谁也不记得是谁把那些瓶子放上去的。卡赞采夫家的厨房有一扇低矮的门，通向阁楼，而在阁楼上，有一个窗户开向屋顶。伊琳娜一度冲出那扇窗户，在屋顶上欢跑。这本没什么稀奇的，他们总是跑到屋顶上去跳舞、晒太阳。那一次，她冲出去，一屁股坐在屋顶上，滑了下去，站起来时，白色牛仔裤的臀部位置清清楚楚地印着两块黑色的污渍。她泰然自若地站在屋顶边上。仙子一般的光之少女，属于他的女孩。上帝让他们天生一对地成为彼此的初恋，真心、真诚地相爱，直到天堂钟声响起。

伊琳娜的父亲来自一个传统的马戏家族，对她十分严格。一次，她溜出来，与阿利克去了彼得堡，错过了一场排练，父亲便把她赶出了马戏团。他们搬到卡赞采夫家的阁楼里，在那里住了三个月，彼此与日俱增的感情之重负让他们脆弱不堪。

那天，伊琳娜跑到屋顶上。家里来客人了，一位写青少年小说的著名作家，体格健壮，成熟稳重，还带了两瓶伏特加过来。伊琳娜很喜欢他；她抽动着肩膀，垂下了眼睑，和他说话时，声音都比平常轻一点儿。

"你为什么要那样和他调情？"阿利克低语道，"这样很贱。如果你喜欢他，就去找他吧。"

她确实喜欢他。

"我没有真正喜欢他，不是那种喜欢，"她后来告诉阿利克，"反正只有一点点喜欢。"

但当时，他措辞严厉冷酷，这一事实让她非常生气。她跳出窗户，一屁股滑到屋顶的边缘，整个人完全站挺在酒瓶旁边。之后，她蹲下来，重心落在脚踵上，抓紧头两个酒瓶的瓶颈，双腿上踢——只有阿利克能看到整个过程。鞋尖在空中定住，背景是一片在半空中铺展蔓延的紫丁香。那些面朝窗户的人看到她双手倒立，都陷入沉默之中。

那位作家什么都没看到，他正讲着一位将军被盗大衣的故事，自顾自地咯咯发笑。阿利克朝着窗户走近一步。伊琳娜已经双手倒立着在酒瓶上移动，她双手抓住瓶颈，而后一手迅速放开，凭感觉去抓下一个酒瓶，并把紧绷的身体的重量转移到新酒瓶之上。男作家还在低声说着话，然后意识到身后正在发生着什么事，便停下来四处张望。他肥胖的脸颊颤抖了；他恐高。尽管那栋楼不过一层半高，也就是五米高，但生理感受远强于数值。

阿利克满手是汗。汗珠顺着他的脊背流下来。房东太太妮尔卡·卡赞采夫娜和另一位野性子的女人喧笑着下了木楼梯，冲到街上。

伊琳娜的鞋尖慢慢地划过天空——连天空都仿佛惊呆了。她抓到了最后一个酒瓶，把双腿蜷缩到身体之下，优雅地脚尖着地，顺着一根摇晃的排水管滑下来。

妮尔卡已经站在屋外了。"跑！能跑多快跑多快！"她大声叫喊着。

她看到了阿利克脸上的表情，迅速做出反应。

伊琳娜冲向克鲁泡特金地铁站，但已经太迟了。阿利克追上来，抓住她的头发，打了她一记耳光。

在这件事情之后，他们还在一起两年多，因为他们不知道如何结束这段感情，但最美好的部分已经随着那一记耳光结束了。最终他们分手了，无法原谅对方，也无法停止爱对方。骄傲像恶魔般缠着他们：那天晚上，她和那位作家走了，而他无动于衷。

最终提出分手的是伊琳娜。她受雇于一家高空秋千马戏团，整个夏天都跟着马戏大篷巡演，而这家马戏团是她家族的竞争对手，这让她的祖父一直在诅咒她。之后，阿利克开始第一次尝试移民：他搬到了彼得堡。

在那里，他大开眼界。他住在阿法纳西耶夫斯基大街上，仿佛依然能感受到卡赞采夫家破房子滚烫的屋顶上传下来的热气。当他匆促冲下木楼梯，肌肉好像要抽搐起来。在梦里，他的记忆仿佛比真实的记忆本身更加丰富，因为他能记起一些很久以前便忘却了的细节：房东有裂缝的杯子上印着卡尔·马克思的画像；卡赞采夫家十岁儿子满头深色头发中有一绺贵族式的纯白头发；伊琳娜手指戴的戒指上，有一颗死青色绿松石镶嵌在深蓝色珐琅上，后来没过多久这枚戒指便丢了……

在新泽西，太阳已渐渐落下去，光线斜斜地穿过窗户，照在阿利克身上，他眯起了眼睛。焦亚在床上挨着他坐着，读着《神曲》。她按照他的要求，用意大利语朗读，又有失风雅地用英语重复每一个三行诗节。阿利克没有告诉她他的意大利语很好：他在罗马住了差不多一年，那种像玻璃一样叮咚作响的欢快语言毫不费力地印入他的脑海，就像在泥巴里印上手掌印一样。但他的这些天赋现在都毫无意义了：他将带走牢固的记忆力、良好的音乐听觉、艺术家的才艺，连同滑稽的真假嗓音变换唱腔的天赋以及超群的台球天赋，都一并带走。

瓦莲京娜按摩着他毫无生气的腿，在她看来，一点点的生气正随着按摩返回到肌肉中。

阿利克昏昏欲睡。这时，阿尔卡沙·利宾来了，带了一台新空调，还带着他的新女友娜塔莎。利宾对有种类型的"丑女"情有独钟：个子矮小，前额宽大，樱桃小嘴。"利宾正走在完美之路上，"阿利克最近开玩笑说，"要把茶匙放进娜塔莎的嘴里，都有些困难。再找下一个女友，他就得用意大利面当勺子喂她了！"

利宾打算在一天之内把坏了的旧空调拆下并把新的装上，并且独自搞定。通常，此事即便是专业人士也得两人合作完成，但俄罗斯人就是有着这样不屈不挠的自信。他把窗台上的酒瓶挪到地上，拆下百叶窗，阿利克非常讨厌的拉美音乐即刻从街道那边涌了上来，仿佛窗户都被卸下来了一样。这两个星期，六个南美印第安人组成的乐队选了他窗户底下的角落玩音乐，整个街区都深受折磨。

"就没人能让他们闭嘴吗?"利宾轻声问。

"还是让你闭嘴比较容易。"瓦莲京娜一边回答，一边把一副耳机放在他的耳朵上。

焦亚愤怒地看着瓦莲京娜，当然，这次生气也有但丁的缘故。

瓦莲京娜给阿利克播放一盘磁带，是斯科特·乔普林的拉格泰姆音乐。他们深夜漫游城市时，他曾教她欣赏这种音乐。

"谢谢，小兔兔。"他眼皮闪动了一下。

他把他们全都称作猫猫或兔兔。他们大多数人只带了二十千克行李和二十个英文单词就来到了这个国家，把工作、父母、邻里等大大小小事情都抛诸脑后，并与之决裂。他们最难意识到的决裂是对母语的陌生感，这些年来，他们所说的母语越来越机械，越来越实用。美式英语作为新的语言逐渐融入他们崭新的移民环境，同样有效、简单。他们用一种简单生硬却有意为之的滑稽行话表达自己，部分英语、部分俄语、部分意第绪语，其中意第绪语包含只有犯罪分子才会用的隐语，最富异国风情，同时带着犹太逸事的顽皮调子。

"噢，这不是音乐，这就是噩梦，"瓦莲京娜抱怨，"天使般行行好吧，关上你的窗户。他们难道只考虑吃喝玩乐，只顾着给自己找乐子？他们这样搞，哎[①]，头疼的是我们!"

焦亚很是恼火，把手中红色的但丁读本放到床上，回隔壁她自己的公寓去了。樱桃小嘴的娜塔莎在厨房煮咖啡。瓦莲京娜帮阿利克翻身，给他按摩背部，他目前还没长褥疮。他们没有再给他系尿袋，因为石膏让他的皮肤发炎了。

湿漉漉的床单堆成一堆，法伊卡拾起来拿到角落里的洗衣间去了。尼娜在工作室的椅子上酣然入梦，手里还拿着酒杯。利宾没有装成空调，心情烦躁。他少了一根必需的支撑板条，按照俄罗斯人惯常的办事方式，他正试着从两根长板条上匀出一根短的来，这样他便无须回家去拿忘带的工具。

---

① 原文为意第绪语中表示悲伤、苦恼、惊讶等情绪时常用的语气词。

四

　　太阳经过漫长的撤退，终于如滚落床底下的五十戈比硬币一般滑下地平线，几分钟之后，夜幕降临了。每个人都走了，留下尼娜和丈夫独处，这在这个星期还是第一次。她每次走近他，都会产生新的恐惧。醉酒后的几小时酣睡让她的灵魂得以镇静：在睡梦中，她无忧无虑，忘记了这种罕见、特殊的病，这病正在以可怕的魔力吸干他的生命。每一次醒来，她都希望魔咒已经过去，而他会过来看她，嘴里说着那句常挂在嘴边的话："你咋样，亲爱的兔宝宝？"

　　但是他没有。

　　她在他身边躺下，用头发盖住他瘦削的肩膀。他看起来像睡着了，呼吸很浅且不规律。她仔细听了听。他闭着眼说道："这该死的热浪什么时候是个尽头？"

　　她一跃而起，跑到房间角落里，利宾把玛丽亚·伊格纳季耶夫娜的七瓶草药杰作放到了那里的地板上。她捡起最小的那瓶，拔出软木塞，把瓶子凑到阿利克的鼻子下。这个闻起来像氨。

"好点？这样好点了吗？"她急迫地问道。

"好一点点。"他答应着。

她又躺在他旁边，把他的头转过来对着自己，在他耳边低语说："阿利克，为了我，接受吧，请你，我求你了。"

"接受什么？"他不明白，或是装作不明白。

"受洗，然后每件事情都会好起来。药会起作用。"她把他的手放到自己的双手里，温柔地亲吻他长满斑点的手指，"这样你就不会害怕了。"

"但我本来就没有害怕，亲爱的。"

"那么，我可以请神父来了？"

阿利克集中游离的目光，出人意料且十分认真地说道："尼娜，我对你的耶稣没有任何反感；事实上，虽然他的幽默感完全没有被发掘出来，但我还挺喜欢他的。问题是，我本身是个有头脑的犹太人。这些圣礼在有些方面有点傻气，如戏剧一般，而我不喜欢戏剧。我更喜欢电影。别管我啦，小猫咪。"

尼娜把她纤瘦的手指扣在一起，像祷告一般在他面前挥舞。"求求你啦，你就不能跟他聊聊吗？让他来，你可以聊聊天。"

"让谁来?"阿利克问。

"当然是神父了。他是一个非常非常好的人。我求你了……"她慢慢地舔着他的脖子和锁骨,而后她的乳头便蹭到他的胸廓上了,这是二人都理解、熟悉的引诱姿势;她引诱他受洗,还把这事变成了床上游戏。

他虚弱地冲她笑了笑:"那就去吧,叫你的神父。只有一个条件,你必须也请一位拉比①过来。"

尼娜困惑了:"你在开玩笑吧?"

"我为什么要开玩笑呢?如果你想要我走出这郑重的一步,那么我也有权利听听不同的意见。"无论在怎样的情势下,阿利克总有办法找到最大的乐趣。

但尼娜已十分心满意足。"他同意了,他同意了!"她自言自语道,"他马上就要接受洗礼了!"

在那个小小的东正教堂里,神父把一切都提前安排好了。神父受过良好的教育,祖上曾逃过了1917年大革命。维克托神父的生活经历非常复杂,但信仰却十分纯粹。他爱好交际,为人风趣幽默,喜欢喝酒,总是高高兴兴地去看望自己的教区居民。

---

① 拉比,犹太人社团或犹太教教会的精神领袖,或是犹太经学院中传授犹太教教义者。

但尼娜却不知道该从哪里去找一个拉比回来。他们的犹太朋友圈与宗教性社团并无联系，但既然这是阿利克提出的条件，她就必须竭尽全力去找到一个拉比。

之后的两个小时里，尼娜一直忙着拾掇自己的瓶子。她在阿利克的脚上盖了更多的压布，并且用一种气味辛辣的浸剂来揉擦阿利克的胸膛。现在是凌晨三点，尼娜忽然想起伊琳娜曾笑着告诉他们说自己一定是他们当中唯一一个懂得如何烹饪鱼饼冻的人，因为她曾嫁给一个循规蹈矩的犹太人，遵循犹太教规、安息日以及诸如此类的种种。

尼娜拨通了伊琳娜的电话。

当伊琳娜在大半夜接到尼娜的电话时，她几乎僵住了；一切都结束了，她想。

"听我说，伊拉①，你的前夫是个犹太人，对吧？"尼娜狂热的声音简直要穿透电话听筒。

她一定是喝醉了，伊琳娜想。

"他当然是。"她回答道。

"你能找到他吗？阿利克需要找一个拉比。"

不，她只是疯了，伊琳娜认定。

"我们明天再说吧，"伊琳娜谨慎地说道，"现在可是凌

_____

① 伊拉，伊琳娜的小名。

晨三点，我不会在这个点儿跟任何人通电话！"

"求你了，伊琳娜，这很重要！"尼娜用百分百清楚的话音讲道。

"我明天过去，好吗？"伊琳娜说着就挂了电话。

伊琳娜对尼娜有着强烈的好奇心。这可能是她一年半前同意前往阿利克工作室的真正原因，她要亲自看看这位"魅力女子"究竟有多神奇。

阿利克自出生那天起就很得女人欢心。幼儿园时，他曾是老师们的宠儿。上学后，所有女生都会邀请阿利克去参加她们的生日派对，爱上他，就连女孩们的祖母以及祖母的宠物狗也十分喜爱他。到了青春期，周围的同龄人都因急切地想要开启成人生活而变得疯狂，好好的小女孩和小男孩们都冲锋陷阵般踏上了他们荒唐可笑的冒险之旅，阿利克也不例外：他听着朋友的坦白，嘲笑他们，甚至让他们自己嘲笑自己。但阿利克最稀奇也最珍贵的品质就是他的自信，他相信生活会从下星期一重新开始，而昨日的一切也能够随之被抹去，当过去并不特别称心如意的时候尤其如此。那时他还是表演艺术学校的一个学生，有门课程的督导，虽然被称作"蛇毒"，最后也没能抵挡住阿利克的迷人魅力。阿利克被学校开除过四次，多亏这名督导的努力，才得以三次重新回到学校。

第一次会面的时候，尼娜给伊琳娜留下的印象是愚蠢、高傲自大且反复无常。伊琳娜在阿利克的工作室里看到的是一个年华已经老去的美女坐在脏兮兮的白色地毯上，玩一个大型拼版玩具，还不让旁边的人打扰她。在更进一步的见面交流中，伊琳娜发现，尼娜就只是头脑简单罢了，而且心理状况也非常不稳定，时而迟钝怠惰，时而兴奋狂躁，伴随着一阵阵夹杂着忧思的喜悦。

伊琳娜知道阿利克为何会和她结婚，但毫无疑问，他必须经年累月忍受尼娜头脑麻木般的愚蠢，以及那病态的懒惰与糊涂。伊琳娜只感到深深的困惑，而不是由回忆衍生出的嫉妒。她此前从未遇见过像尼娜这样类型的人。她永无止境的无助感会引发别人，尤其是男人更为强烈的责任感。尼娜还有另一个特点：她的每一点突发奇想与幻思怪念，连同她的弱点一起，会发挥到极致。举例来说，她拒绝触碰钱币，这样一来，如果阿利克要去华盛顿待一周，他就得在离开之前在冰箱里装满食物，因为他知道尼娜不会去商店，她宁可挨饿也不想去使用肮脏的钱币。同样，尼娜也从不做饭，因为她怕火。在俄国的时候她一度热衷于占星学，曾读到天秤座的她时刻都处在火的危险之中。从那时起，她就不再接近炉子，对空气和火这两个元素之间巨大的不相容性感到十分害怕。而在此处，阿利克的公寓里，尽管炉子并不是用瓦斯而是用电，她唯一接触过的燃着的火焰也只是火柴头上的那么一点点，尼娜对于烹饪的厌恶也一如往常，这样一来，阿利克就只好去学厨艺，成了一名成功且富有创造力的厨师。

除去钱和火以外，还有一样东西是尼娜很讨厌的，这种讨厌简直令人难以理解，那就是对做决定的疯狂、无谓的恐惧。需要做的决定越是重要，尼娜就越是痛苦。伊琳娜曾从一位是歌手的委托人那里收到一些免费的歌剧入场券，麦卡希望能够邀请阿利克和尼娜一起去看歌剧。于是伊琳娜和麦卡准备接上他们一起走，却亲眼看到了尼娜试着一件又一件黑色礼服，换着一双又一双看起来都十分漂亮的鞋子，却始终拿不定主意，最后重重地倒在床上，头埋在枕头里哭着说不想去看歌剧了。阿利克避开无意的旁观者的目光，胡乱拿了条裙子说："就穿这个吧，尼娜，天鹅绒的，和歌剧在一块儿就像啤酒和香肠一样般配。"直到这时，尼娜才稍稍好转。

麦卡明显觉得这个场面要比平庸无奇的歌剧精彩多了。

伊琳娜对于这类古怪举动的价值知道得一清二楚；她年轻时过的曾全是这样的生活。但不像尼娜，伊琳娜的背后有一整个马戏团学校。对于一个移居国外的人而言，会走钢丝是一项非常有用的技能，而这可能也是她在他们当中混得最好的原因。布满伤痕的脚掌，心脏几乎要停止跳动，汗水大滴大滴地灌入眼睛，但肌肉却拉伸成了一个巨大的、万能的微笑，下巴像获得胜利般地微微翘起，鼻尖直指星辰——明亮而轻松，轻松而明亮。

八年来，伊琳娜每晚都少睡两个小时，为自己在美国的职业拼命奋斗。现在，她每天需要做十个决定，而且早就学会了如果今天不是最棒的一天，也不要变得太过沮丧。"过去已经无法改变、不可逆转，但它对未来是没有任何影响的。"有时伊琳娜会这么说。但结果是，突然地，她不可逆转的过去对她自己确实产生了影响。

伊琳娜从未同阿利克聊起过他迫近的死亡和过往的生活，但她做梦都不敢想的事却已发生；她的女儿同他以及他的朋友们的交流如此轻松自如，没人会想到这个女孩一直受着复杂的心理障碍的折磨。而现在，伊琳娜也无法自我解释，过去两年来，她是如何在他那吵闹无序的"巢穴"中度过空闲时的每一分钟。

伊琳娜曾和一条叫作多克托·哈里斯的英国"金鱼"（与其说他是一条优雅的纱罗尾金鱼，还不如说他是一条晒黑了的金枪鱼）谈了四年颇为慎重的恋爱。哈里斯不久前在纽约待了五天，没见到伊琳娜，又失望地坐飞机走了。

哈里斯确信伊琳娜是打算要甩掉他，但伊琳娜并没这么想过。哈里斯在版权法方面是有名的权威人士。照他的社会地位而言，正常情况下伊琳娜是绝无可能会见他的，仅仅是纯属巧合，伊琳娜所在法律公司的一个合伙人要去英国参加一个商业会议，决定把伊琳娜也给带上。会议之后还有一场宴会，宴会上放眼望去没有一位女性，在清一色一片黑色无尾礼服中，伊琳娜就像是乌鸦群里的白鸽一样闪耀。两个月后，伊琳娜已经差不多完全忘了那趟旅行，却收到了一封邀请她参加青年律师会议的邀请函。对此，伊琳娜的老板不知道该如何解释，但也不会去怀疑哈里斯是否对自己的小助理产生了什么兴趣，给伊琳娜放了三天的假让她去欧洲。现在哈里斯竟然有了想要结婚的念头。这也不仅仅是自私自利，这是认真的。

每个年过四十岁的女人都梦想能遇到一个哈里斯，而伊琳娜刚好满四十。

这一切都相当傻帽。

第二天晚上，伊琳娜去见尼娜。老玛丽亚·伊格纳季耶夫娜正在卧室里，比伊琳娜早到五分钟。尼娜跟在她后面急匆匆地转来转去。跟往常一样，公寓里挤满了人。

伊琳娜很饿，她打开冰箱，发现没什么东西，只有一些从俄罗斯食品商那里买来的、包在纸里的昂贵黑面包，以及一块已经不怎么新鲜的奶酪。伊琳娜自己做了块三明治，喝了点尼娜的伏特加与橙汁；出于某些原因，这间房子里的每一个人都在喝伏特加橙汁鸡尾酒。最后，尼娜悄悄溜出了卧室。

"那么，你是想要戈特利布做什么？"伊琳娜问。

"谁是戈特利布？"尼娜看起来很困惑。

"噢，天哪，尼娜，你忘了吗？你昨晚给我打电话了！"

"噢，是那个，我不知道他的名字呀。阿利克说我们必须给他找一个拉比。"尼娜一脸的天真。

伊琳娜感到一阵恼怒，心想自己为什么要在这里为这样一个傻瓜生气，但她克制自己，用一种尽可能专业的口吻问道："为什么是拉比？你确定你没搞错吗？"

尼娜面露喜色："你不知道！他同意受洗了！"

伊琳娜大喊："但尼娜，你需要神父来做这件事！"

"对的，神父，"尼娜点头道，"我知道，我已经安排好了。但是阿利克要……他也想跟拉比谈一谈。"

"他想受洗？"伊琳娜惊奇地说，终于搞懂了。

尼娜把她狭长的脸庞埋进自己骨节分明、不再美丽的双手。"菲马说情况看起来很糟。所有人都说情况看起来很糟。玛丽亚·伊格纳季耶夫娜说这是他现在唯一的希望了。

我不想他走后无处可去，我希望上帝能够接受他。你无法想象黑暗是什么样的，那简直难以描述……"

黑暗是什么，伊琳娜还是有些了解的，她曾三次尝试自杀，一次是在她年轻的时候，第二次是阿利克离开俄罗斯的时候，第三次则是在美国流产之后。

"我们必须尽快，"尼娜把剩下的橙汁倒进了自己的杯子里，"能给我再拿些果汁来吗，伊琳娜？我们有的是伏特加，斯拉维克昨天带了些来。你只要把戈特利布和拉比一起带来这里就好啦。"

伊琳娜拿起自己的手包，把手指伸进冰箱顶端的金属佐料瓶里，那里是放账单的地方。但瓶子里却空空如也：有人已付掉账单了。

五

　　伊琳娜告诉人们她骑过很多马，包括一匹犹太马。那匹犹太马就是高高大大、长着黑色胡子的廖瓦·戈特利布，他把伊琳娜身上的俄罗斯习性都替换成了犹太教的，其中不只是犹太教的零零碎碎，事实上是整套的程式规范，包括安息日蜡烛、仪式性沐浴以及恰巧非常适合伊琳娜的头饰。她当了两年犹太人；麦卡被送去了一所女子宗教学校，那里给麦卡留下了她至今仍十分珍视的记忆，而伊琳娜则在学习希伯来语。她是个很有能力的学生，学习希伯来语对她而言十分容易。伊琳娜会去犹太教堂参加活动，同时也十分享受家庭生活。直到她在一天早晨醒来之后，顿觉无聊透顶。她简单整理了些行李，和女儿一起走了，给廖瓦留了一张只有几个字的字条："我走了。"

　　廖瓦追寻她的踪迹，找到她的几个老朋友那里，当廖瓦问起她为何要打破家庭时，她只是说："厌倦了，廖瓦，是厌倦了。"

这是伊琳娜最后一次过分的举动，或许也是她最后一次表达强烈轻蔑的举动了：此后她再没允许自己去做任何类似的事情了。

伊琳娜搬去了加利福尼亚，这些年来，她的生活对于她在纽约的朋友来说始终是个谜团。有些人怀疑她是有了一个藏身之所，有些人则认为她可能靠着情人过活，但没有人能够知道事实到底如何。白天的时候，伊琳娜就穿着她的英式丝绸和亚麻套装，晚上就粘上羽毛与闪亮的装饰片，在特定的俱乐部里表演杂技，那里常有腰缠万贯的傻瓜们光顾。马戏团学校和读博士不同，严格意义上来说是一份职业。正是由于这份职业，夜里她需要旋转自己的双腿，白天则在法学院里苦读。那些年里，她学会每天六点半就起床，冲一个三分钟的澡而不是像往常那样泡上四十分钟；电话响起时，直到报出来电人姓名，她才会去接。最后，伊琳娜终于完成了学业，顺利毕业，在洛杉矶一家声誉颇佳的律师事务所担任合伙人的助理。

伊琳娜和洛杉矶的移民圈鲜有联系，而且她在讲美式英语时带有一点点的英式口音，在这上面她还得再花些功夫；但事实上这还挺时髦的，但熟悉内中奥妙的人知道，比起用美音替代英音，那还是完全甩掉俄语口音更加容易一点。伊琳娜在申请美国绿卡时，出于权宜，把自己并不复杂的俄国姓氏给改掉了。

伊琳娜和自己的表演生涯还有着一些联系，她还带了些新客户到事务所。天知道那到底是些什么样的客户，但老板对他们倒很重视，而伊琳娜也开始为老板争取这些客户。若是对于一个年轻的美国人而言，这样的职业生涯只能算是相当不错；但对于一个来自俄罗斯、年已四十的前马戏团杂技演员而言，简直可以说是一种荣耀。

对于廖瓦，离婚也成了最好的结局。廖瓦之后娶了一个来自莫吉廖夫的犹太女孩，她的过往没有马戏团以及任何其他类似的经历。这个犹太女孩身材丰满，臀部宽大，在七年时间里为廖瓦生育了五个孩子，这使得廖瓦从失去伊琳娜的伤痛中完全恢复了过来。

廖瓦那通情达理的妻子总是对自己的朋友说："你知道，我们犹太族的男人总是会去喜欢非犹太姑娘，但在找到一个合适的犹太妻子之后就不会那样啦。"

这便是她聪明才智的极限了，廖瓦不会不同意这点。

伊琳娜没花什么功夫就从号码簿上找到了廖瓦。当听到伊琳娜迫切要求马上见到他时，廖瓦大吃一惊。在伊琳娜赶赴布朗克斯去见廖瓦途中的那两个小时里，廖瓦紧张地等待着，觉得伊琳娜会带来一些不愉快，或者至少是不方便。

廖瓦的办公室十分简陋。他在那里的生意最初是由伊琳娜一手策划的。在两人短暂的婚姻中，伊琳娜的实用主义头脑与豁达的金钱观曾与他非常合拍。一开始的时候，正是伊琳娜说服他把自己所有的钱都拿来投资，将那辛辛苦苦积攒起来的五千美元，都投入犹太教规所允许的、高风险的化妆品生意里去。结果证明，利润真是十分可观。那时伊琳娜仍沉浸在自己与犹太人短暂恋情的伤痛中，准确地说，他是一个温和的改革派犹太人，但又是一个会对牛奶与肉类之间的戏剧性联系予以尊重的犹太人，特别是在活着时会发出呼噜声的肉类。

廖瓦的化妆品刚刚开始找到市场的时候，伊琳娜就抹着满脸不合犹太教规的美式化妆品离开了他。当廖瓦准备开启人生新阶段的时候，他也迅速地改变了站位，背弃改良主义，转投正统派。这里面有一个政治原因，那些粗糙的化妆品玷污了犹太女子高贵纯洁的脸庞，而廖瓦必须停止生产这些化妆品，将这部分生意转卖给自己的表亲，把符合犹太教规的香皂、洗发水生意留给了自己。廖瓦还学着去制造同样符合犹太教规的阿司匹林片及其他一些药物。他有不少顾客，他们显然是没有把这种做法视为彻头彻尾的骗局。

廖瓦在自己办公室的门口见到了伊琳娜。两人都有了很大变化，但这些变化与匆匆岁月并无太大关系，更多的是因为他们的生活都各自有了新的方向。廖瓦胖了不少，大腹便便，他的下巴变肥了，背也更宽了，整个人看起来愈加显矮；他的面容已不再像年轻的大卫王般有着白里透红的色调，取而代之的是蜡黄色。在两人短暂的婚姻里，伊琳娜总是穿着肩上有洞的针织衫和拖到地上的印度长裙走来走去，而此时的伊琳娜却是一副无可挑剔的时尚模样，眉毛与鼻梁呈现出一种雕塑般的优雅美感，坚定的下巴反衬着她柔软的双唇，这一切都使得廖瓦感到了深深的目眩神迷。

"珍珠，一颗真正的珍珠啊！"廖瓦这么想着，还喊了出来。

伊琳娜笑了，像惯常那样轻轻笑着。"我很高兴你喜欢我，廖瓦，你看起来也不赖啊，你现在看起来既严肃又有身份！"

"我有五个孩子了，伊琳娜，五个。"廖瓦抓起桌子上的一本相册，"麦卡怎么样了？"

"她挺好的，她已经是个大姑娘啦。"伊琳娜仔细地看了看相册，点了点头，又放回到桌子上，"是这样，我有个老朋友，是个犹太人，当初在莫斯科的时候认识的，他病得很重，快要死了。他想跟拉比谈一谈。你能安排一下吗？"

"就这样？"廖瓦长长地松了口气。他还以为伊琳娜可能是要对当初结婚时候的那五千美元提出些财务上的要求。廖瓦人不错，却背负着家庭的重担，因此他很讨厌额外的花销。"如果你需要，我可以给你找十个来。"

话刚出口，他便觉得有些尴尬，但伊琳娜并未察觉，或是假装没注意到。"这很急，他病得很重。"她说。

廖瓦保证晚上会给她打电话。

那晚他确实打了，还告诉伊琳娜他会带一位著名的以色列拉比来，那个拉比正在纽约大学教授一系列精深广博的课程；廖瓦说他会在安息日结束之后尽快把拉比带到病人身边。

伊琳娜从不会忘记什么事情，而这次她却忘了犹太教安息日是在星期六晚上结束的①，这实在是太不像她了。她还告诉尼娜拉比会在星期天早晨到。

神父维克托则已承诺会在星期六的晚祷结束之后登门。神父要比拉比先到，尼娜很看重这一点。

---

① 基督教徒大都以星期日为安息日，犹太教徒及某些教派的基督徒则以星期六为安息日。

六

菲马在很晚的时候去了贝尔曼那里，而且事先也没有打电话，这种亲近感在他们之间已是寻常。两人维系着持续多年的友情。彼此之间也有一层远房亲戚关系，是在祖父那一边，但这并不重要，重要的是他们天生就都是医者，就像有人天生就是金发碧眼、白皮肤，有人天生就会唱歌，有人天生就是胆小鬼一样。

他们二人有的则是对人类身体的感觉、对血液循环的感知以及一种特殊的思考方式，用贝尔曼的话来说，即一种系统化。菲马和贝尔曼都能发现人身上与某种特定类型的新陈代谢相联系的特殊体质，而这些体质会使人更易患上高血压、溃疡、癌症或是哮喘。每次医疗检测一开始，他们都会观察一下对象皮肤是否干燥、眼白是否正常、嘴角是否发炎。

然而近几年他们都很少给人做检测了，除非是应朋友之邀。

跟菲马不同，贝尔曼到美国的两个月后就通过了所有美国的医学考试，同时也使自己在俄罗斯取得的资格证书具有了合法效力，从而创下了当地的一项纪录：目前为止，还没谁能够这么快就通过所有医学考试。贝尔曼立刻就在当地一家医院里找到了工作，他开始熟悉起美式的行医风格，一周要花七十个小时扑在这上面。但渐渐地，他感到这一切就跟俄罗斯的医学一样没法让他满意，尽管这是基于另一种原因。在这之后，贝尔曼终于发现了一个领域能够使他与美国医生保持距离，因为他总是看不起那些美国同行。这是一个最近才开辟的新领域，被称为放射医学，诊断过程中要用放射性同位元素穿透生物体，再用计算机进行分析。

如果在俄罗斯，这最起码得二十年以后才有这种技术吧，贝尔曼伤心地想着，或许永远也不会有。

贝尔曼常说，学习掌握操作新电脑的技能已经耗掉了他脑袋里所剩无几的智商，他费尽精力攒钱开起了自己的诊断实验室并承担其花销，觉得自己这辈子都要耗在偿还巨额债务上。尽管如此，贝尔曼的工作进展十分顺利，生意越做越大，营业额也在不断增加。然而，他的全部收入一时之间还是都得用来接着偿还利息。在美国，利息就像忽然之间爬满整堵墙壁的霉菌，生长迅速而又悄然不觉。"我们跟那些美国人的活法儿没什么不同啦。"贝尔曼咧嘴而笑，拍拍菲马的肩膀。

贝尔曼的债务超过四十万美元，而菲马则欠了四百美金。根据美国人的逻辑，前者是个成功人士，后者属于赤贫阶层。但事实上，他们都住在一样简陋的公寓里，吃着一样廉价的食物。唯一的区别就在于，菲马穿得像个流浪汉，而贝尔曼则给自己买了三套体面的"医生"服装。

两人都知道，如果借贷方对贝尔曼的头脑、教育背景或是商业投机计划进行评估的话，那这四十万美元算是他应得的贷款；如果不是贝尔曼对钱如此小心谨慎的话，他本可以搬到豪华时髦的曼哈顿的上东区去。

菲马琢磨了一下自己的内心。他其实并不嫉妒贝尔曼，但灵魂深处总有种病态的成见在搅动着他。坦白地讲，贝尔曼开实验室的时候曾主动邀请菲马去做他的实验室助理。但这样一来，菲马就不得不为此去上一系列专门的课程，而他自己仍在钻研着英语课本，试图说服自己明年一定能够打起精神去参加那该死的考试。总而言之，贝尔曼那温和的邀请还是被拒绝了；接受这个邀请就意味着菲马最终还是彻底投降了。

很多年前，在俄罗斯的时候，他们俩还不相上下，两位极富天赋的年轻医生，知道自己的价值何在。但在这里，因为菲马弯不过舌头讲好这该死的英语，贝尔曼已经远远地超越了菲马，而菲马再也没可能赶上贝尔曼了。但在阿利克那里，他们俩还是像以前一样互相平等——两个医生在看同一个病人。

那天晚上在阿利克的厨房里的那次会面，实际上更像是一次会诊。两年前，阿利克的右臂开始有点毛病的时候，他首先去找了菲马。

"这没什么，只不过是职业性劳累罢了——很可能是腱炎。"这是菲马第一次诊断的结论。当阿利克的左臂也开始不正常之后，菲马不得不修正自己的这个判断。如果不是病发得如此迅猛，菲马可能还会怀疑这是多重硬化症。正因为如此，主要的检测还是要做的。

最初的那一系列检测是由贝尔曼来做的，自然是不要钱的；贝尔曼甚至还自己垫付了同位素的费用。但计算机上没显示出任何东西来。

"这还真是老美的东西！没钱它是不会工作的！"贝尔曼扮了个鬼脸说，"你最好还是给自己买点健康保险，老家伙，趁你看起来还不错。健康保险在半年内是有效的，你会用到它的，我保证，没有显示结果不代表事情就这么过去了。"

阿利克并没有钱去买什么保险，而且他也从没想过半年时间里会发生些什么。这还加深了他对苏联时代的遗留印象——长长的队伍、烦琐的表格与高傲的官员——的厌恶。这种厌恶也是他从没得到过任何美国福利的原因。与此同时，他的那些移民同伴却在争相索取尽可能多的从食物票券到免费租金的救济品。阿利克这二十年来一直活得像空气一样自由自在，躲在所有人的视线之外独自工作，那些并不怎么熟悉阿利克的人总以为他只是在随心所欲地即兴创作。阿利克最厌恶的人并不是诚实坦率的贪污受贿者，而是积习难改的乞讨骗取者。

总的来讲，阿利克从来就没有一份固定的工作，也没有什么保险，如今他也没有希望得到这两者：这已经不是他在漫无尽头的走廊里排长队、收集必要的文书的时代了。

幸运的是，高度计算机化的、高效率的美国健康服务也存在一些漏洞，阿利克最初的检测结果跑到了别人的检测报告上去了。血液分析这块一片空白。

阿利克第一次入院治疗是在人行道上组织起来的：这就像是一场小型的表演，有人叫了辆救护车来。阿利克公寓对街的咖啡厅老板打电话给医院，说有个人忽然昏倒在店门口。阿利克躺在三张并排的椅子上，红褐色的马尾辫悬垂着，还在给自己的朋友，即咖啡厅老板使眼色，等了大概五分钟，救护车来了。他被送到医院做检查，神经病理学家基于医疗补助制度进行治疗，给他插了些管子，开了些药。医院总是个令人情绪低落的地方，阿利克逃走了。菲马冲他大喊道：开了好的药方，他们也在给你看症状，没有诊断结果他们还能干什么？菲马坚持让阿利克回到医院，唯一的办法就是胡编乱造些什么。菲马很快就在阿利克的锁骨处插了根瘘管，阿利克宣称在他的诊断失败之后自己的病情恶化了。虽然并非私立医院，这家市立医院也不喜欢诉讼案件，于是就把他接了回来。

事情就这么拖着。阿利克在回到医院后又一次逃走。治疗到底有没有用也不甚清楚，或者说，假如没有治疗，不知他会变成怎样。他的右臂毫无生气地垂着，而左臂也只是能勉强把勺子举到嘴边罢了。他走路的姿态也变了，整个人都很疲惫，总是磕磕绊绊。之后，他开始走着走着就摔倒了。这一切都以一种可怕的速度发展着。到了第二年春天，他已几乎无法行动。

阿利克第二次入院治疗就更为艰难了。他被带到了贝尔曼的实验室，贝尔曼亲自给他叫了辆救护车，说自己要在这儿接待一位病得很重的人。救护车要求有一张书面保证，保证病人不会在路途中去世。贝尔曼恰好对这个国家中所有这种官僚主义习气熟悉得很，早已事先备好一张，并一直护送阿利克到了医院。幸运的是，正在值班的护士恰好是贝尔曼的一个朋友，她是一个已经上了年纪的爱尔兰女人，皱着眉头，言语唐突却是个近乎完美的天使。这位爱尔兰护士把他们送往了中医院，那算是当地最好的医院了。这是个正确的决定。阿利克一边服用自己平常在吃的药，一边接受艾草针灸治疗，此后的第一周里，他稍稍振作些了，甚至手臂似乎都恢复了一些知觉。

此时，菲马正和贝尔曼一起坐在阿利克肮脏昏暗的厨房里，没洗过的杯子堆在一起，蟑螂则在角落里快乐地爬来爬去。他们已做出了所有的假设：肌肉萎缩，外围神经系统遭遇病毒感染而引起的一种神秘肿瘤。

贝尔曼外貌出众，但总有种怒气一样的东西在牵扯着他，强壮的肩膀弯曲着，连同他虽短却灵活敏捷的脖子，以及长长的胳膊一起前倾；甚至他的嘴唇都沿着一排大牙齿紧紧拉伸着。菲马的面目则已变得粗俗而且扭曲；但在菲马已经坑洼斑驳的脸上，那双明亮而清澈的眼睛仍旧充满希望地看着贝尔曼。

"没什么希望的，菲马。在这样的情况下，我们已经无能为力了，剩下的只有吸氧面罩了。"

"窒息的过程可能缓慢又痛苦。"菲马皱起眉头来。

"给他些吗啡，或者别的什么。"

"对，对。"菲马小声咕哝道。

他曾觉得，贝尔曼那么聪明的一个人，或许会知道些自己已经忘记的医学知识，但这样的知识根本就不存在。

七

维克托神父在九点左右到了，没穿袜子，只穿了双凉鞋，拎着一个公文包和一个鼓鼓囊囊的塑料袋。神父套一件松松垮垮的短袖衫，把多余的衣角塞进了短小的浅色裤子里，头上那顶棒球帽印着两个平淡无奇的字母"N"和"Y"。

维克托神父一进门就脱了帽，把它夹在臂弯里，微笑着向每个人打招呼，那笑纹是如此的深，以至于他的塌鼻子都皱了起来。

因为是星期六，屋里有许许多多的来访者：瓦莲京娜、焦亚和她臂弯中灰毛毛的"小陀思妥耶夫斯基"、伊琳娜、麦卡、法伊卡、利宾和他的女朋友，都是常来的客人。同时在场的还有最近才从华盛顿过来的布金斯基姐妹，一个谁也不知道叫什么的莫斯科女人，好像有谁说过她的名字，但因为声音太模糊了所以大家都没听清楚。还有阿利克的美国艺术家朋友鲁迪，他曾经在一些联合项目上跟阿利克合作过。还有来自敖德萨的什穆埃尔，带着一条叫作吉卜林的狗，他替一个老朋友照看它几天。

阿利克被人从床上扶起，像往常一样坐进扶手椅，周身塞了一圈的枕头，以便让他能有所支撑。大家在房间里围成圈，一边大声交谈一边喝酒。桌子上摆放着各色食物：大块美洲山核桃派和一些冰淇淋。这场景看起来更像是一场私人聚会，而不是在一个将死之人的房间。

维克托神父有片刻似乎很是茫然。尼娜抓过他夹着棒球帽的手肘，将他一把按在桌边坐下。

"我的心灵是如此地渴望和——平……！"什穆埃尔低声吟唱，歌声几乎被窗外不知疲倦吹吹打打的巴拉圭管乐和鼓点给盖过了。

法伊卡紧抱着一个玩偶，它四肢修长、软绵绵的，毫无生气，代表着阿利克。这个颇具预言性的玩偶是之前阿利克生日时一个叫作安卡·克朗的朋友送给他的，安卡现在住在以色列。阿利克还给这玩偶想了句台词："哎，别给我使那样的眼色！看在上帝的面子上，法伊卡，你是吃了大蒜吗？"

神父笑了笑，从法伊卡那里拿来了玩偶，晃了晃它粉红色的手："见到你很高兴!"

大家都笑了起来,维克托神父把玩偶放回到法伊卡的膝盖上。尼娜点了点头。什穆埃尔立刻安静了下来。利宾轻轻地把阿利克从椅子上抱起来,像抱小孩那样把他抱回了卧室。

从莫斯科来的那个女人退缩了:这是一幅可怜的景象。阿利克在坐着或是躺着时,一切看起来都很正常,一位病人被他的朋友们团团围住。但当他从一处移动到另一处时,糟糕的迹象就立刻变得非常明显了。眼睛明亮而充满生机,身体却死气沉沉。今年早春的时候,他尚能自己从工作室慢慢移动到卧室去。

阿利克被放回到床上,维克托神父走进了房间。尼娜在一旁逗留了一小会儿,就溜出房间,背靠着门坐在地板上,神情既警惕又恍惚;她半醉半醒,却十分镇定。

这简直就是彻头彻尾的愚蠢而且毫无意义,阿利克想道,他看起来人不错,我不应该同意做这件事的。

维克托神父坐在一个高脚凳上,试着更靠近阿利克一点。"我在这里面对的是一些职业性的难题,"神父的开场白出人意料,"是这样,我见到的大部分人,比如我的教区居民,都确信我能够解决他们的问题,而且如果我不能解决的话,那也纯粹是为了他们好,给他们一些教训。其实他们整个儿都错了。"神父笑了起来，露出了缝隙很大的牙齿。阿利克突然意识到，这个神父对眼下可笑和荒谬的情势有着充分的理解，因此他也放松下来了。

阿利克的病没有任何身体上的痛楚，有的只是愈加严重的呼吸困难，以及他所不能忍受的自我消解的感觉。随着阿利克体重的减轻和肌肉活力的减弱，生活的现实感也在悄然溜走，这就是他为何如此享受有个半裸女人从早到晚紧挨着自己的原因。他已经太久没有看到新鲜面孔在自己身边走动了，而此刻，眼前这张并不熟悉的脸，茶绿色带斑点的双眼，粗糙而胡乱刮过的右颊，小小的西式胡须，种种精确的细节刻入阿利克的记忆之中。

"尼娜想让我跟你谈谈，"神父继续说，"她认为我能够给你做洗礼，更确切地说，是能够说服你去做洗礼。我无法拒绝她。"

窗外的巴拉圭音乐嚎叫着，变得尖锐、绝望，随后又渐渐恢复活力。阿利克皱了皱眉。"我并不是信徒，你知道的，维克托神父。"他伤心地讲。

"停停停，你在说什么？"神父摇了摇手，"事实上，没有信仰的人是不存在的。这不过就是你从俄罗斯带来的心理学的陈词滥调罢了。我向你保证，没有信仰的人是不存在的，特别是那些搞艺术的人。信仰的性质当然不尽相同——

智慧越大，信仰的形式就越复杂。另有一种智慧性的纯真，是不允许讨论或阐明任何东西的。我们现在被原始宗教狂热最为粗俗的表现形式所包围，这真是让人难以容忍……"

"我知道这点，我有妻子在这儿呢。"阿利克回答道。维克托神父的严肃态度让阿利克很是受用。他不是蠢货，阿利克惊喜地想着。尼娜总是在他耳边近乎狂喜地夸赞神父是多么多么英明智慧，这些话在他听来都十分刺耳，但此时这些恼怒都消失了。

"对尼娜来说，正如其他女人，"神父对着门打了个手势，"事情不是用脑子来想的，而是用心来想的，是用爱来想的。她们都是不可思议的存在，是极为神奇的存在，如此令人惊异……"

"你喜欢女人，是吧，维克托神父？我也是。"阿利克做鼓励状说道。

神父好像是没听懂。"没错，我喜欢极了，喜欢她们所有人，"他坦白道，"我太太总是说如果不是因为我的职业，我可能会成为一个真正的风流浪子。"

还真是个傻子，阿利克想道。

但神父更加起劲地谈论起这个话题："她们都是不同凡响的，她们随时准备着为了爱情而牺牲自己的一切。她们的生活中心往往就是对一个男人的爱——当然，也可能有其他替代品。但有时候，只是偶尔，我会遇见少数那么几个女人，在她们身上，那种占有欲强、永不餍足的人性之爱，在经过日常、平凡的生活岁月后，转变成对上帝本身的爱。这种爱永不停歇，这真是太让我惊讶了。我觉得你的尼娜也是其中一员。我一进门就看出来了。你身边有这么多漂亮女人围绕着你，这么多好看的面孔。你的朋友是不会离开你的。透过外表，她们全都像我主墓地旁的那些女子。"

维克托神父年纪并不算大，可能五十多岁吧，但他的讲话却昂扬且老派；他一定是第一波战前移民潮时来的，阿利克想。

神父的动作变得心不在焉，相当笨拙。但阿利克照样喜欢。"可惜我们以前从没见过。"他说。

"是啊是啊，太热了，"神父的回答牛头不对马嘴，显然是不想就此放弃如此鼓舞人心的关于女性的话题，"你知道吗，这几乎都可以写一篇学位论文了——信仰在男人和女人之间的不同形式……"

"我相信一定已有女性主义者写过这样的文章了，"阿利克说，"维克托神父，你能帮忙让尼娜给我们拿点玛格丽塔酒来吗？你喜欢龙舌兰酒吗？"

"我想是吧。"神父不太确定地回答道。

神父站了起来，打开了一点点门。尼娜还坐在老地方，眼里写满了疑问。

"阿利克想要一杯玛格丽塔酒。"维克托神父告诉她。尼娜没立刻反应过来，"两杯玛格丽塔酒。"

过了会儿，尼娜拿着两个大酒杯回来了，放下杯子后又走出了房间，回头投过来一个困惑的眼神。

"那么，我们要为女人干杯吗？"阿利克用他一如既往的语调说着，友好而带点嘲讽，"你得帮我举着杯子。"

"当然了，我很乐意。"维克托神父笨拙地把吸管塞进了阿利克的嘴里。

维克托神父活到现在也算是见了不少世面，但从没见过像这样的。他听过人们的临终忏悔，跟他们交流过，甚至是做了洗礼，但他从没给过他们龙舌兰酒。

神父把自己的杯子放到了地板上，继续说："男人的话，信仰常常表现为战斗。还记得雅各与天使在夜晚角力吗？为自己而奋斗，由此而升华到更高的层次。在这种意义上，我可是个进化论者。拯救这种想法，太功利了，你说呢？"

在阿利克看来，神父仿佛是有点醉了。但阿利克没有注意到神父事实上都没碰过他那杯酒。他感到自己的胃里升起一股暖意，这种感觉让他愉悦；毕竟他现在所能体会到的感觉也越来越少了。

"我相信，德高望重的萨罗夫的圣塞拉芬会把这种为了信仰的战斗称作抓住圣灵。没错……"维克托神父陷入了一阵悲伤的沉默中，沉思着；每当这种时候他总是清晰地认识到，自己不像祖父那样肩负着宗教性的使命。

窗外的南美音乐渐渐疲乏，停歇了，取而代之的是人声的喧嚷。

我是多么虚弱啊，阿利克在想。

这个心地纯洁而勇敢的神父不知怎么的就碰了阿利克一下。为什么他给人一种勇敢的印象呢？阿利克必须得考虑考虑。难道是因为他不怕让人觉得自己可笑吗？

"尼娜一直求我做洗礼。她不断哭着恳求我，这对她来说实在是太重要了。对我来说这不过就是一种形式罢了。"

"你在说什么？我觉得她的理由很有说服力啊。但我压根儿不……"维克托神父困惑地举起了双臂，仿佛为他的某种特权感到尴尬。"是这样，我相信在我们之间一定有圣灵在场。"神父变得更加尴尬了，在凳子上坐不住了。

一种终有一死的消沉感淹没了阿利克。他没感到有任何圣灵在场；这种圣灵是神话故事的东西，他那愚蠢的尼娜能够感觉到，这个天真的神父也能够感觉到，唯独他无法感觉到，这使他非常痛苦。尼娜和神父对圣灵的感受如何，或许阿利克也只能以同等敏锐的程度去感受它的缺失。

"但我已经做好准备要为她去那么做了。"阿利克因一种死一般的疲倦闭上眼睛说道。

维克托神父在裤子上擦了擦沾满汗的玻璃杯杯底，又把它放到了桌子上。

"我不知道，我真的不知道。我不能拒绝你，你病得这么重，但总有些不太对劲。让我想想。我知道了，让我们一起祈祷吧，尽可能虔诚地祈祷。"神父打开自己的公文包，拉出一件白色法衣偷偷迅速穿上，又慢慢系好衣带。接着，他吻了吻沉重的祈祷十字架——这十字架还寄寓着他祖父的祝福——并把它戴在脖子上。这一连串的动作后，神父似乎变老了，也更有威严了。但阿利克闭着眼睛躺着，并未目睹这一转变。神父朝向墙上那幅褪了色的、小小的弗拉基米尔圣母画像，低下自己已经光秃秃的头，祈祷道："帮助我吧，主啊，噢，帮助我吧!"

每当这时，神父总会想起自己还是个小男孩的时候，站在巴黎郊外的俄罗斯儿童寄养院后面的足球场上。他的祖父母在大战期间经营着这所寄养院，他也正是在那里度过了整个童年。他又一次站在用破旧绳索围成的四方形中央，只因那些踢球的人找不到一个合适的守门员，而他又是年纪最小的那一个，他就被迫站在那里，惶恐地等待着，知道自己一个球都无法守住。

八

　　廖瓦·戈特利布身材魁梧，留着闪闪发亮的黑色络腮胡，他毕恭毕敬地从电梯里领出一个人来，那人身形瘦削、相貌英俊、同样高大，也留着胡子，跟廖瓦十分相像，但比他瘦得多，看起来就好像是映在哈哈镜里的廖瓦一样。伊琳娜忍不住爆笑出声，但很快又恢复了自己一贯的克制。廖瓦一眼就认出了人群中的伊琳娜，挤到她跟前，像个神经质的丈夫一样向她说道："我说过我会在安息日结束之后给你打电话的，但你的电话一直占线，幸亏我记下了你的地址……"

　　伊琳娜拍了拍脑门："天哪，我一点都不记得那是星期六晚上！我还以为是明天早上呢！"

　　廖瓦双手一摊，突然想起拉比还在一旁站着呢。拉比的脸上写满了严肃与好奇；他对俄语一窍不通。

麦卡拿着一个装有一大块馅饼的纸盘子站在桌边，盯着廖瓦。廖瓦像一头野猪似的，直冲向麦卡，抱住她的头说："你好啊，小老鼠!"廖瓦亲了亲她的额头，这个女孩已经长大成人了。麦卡曾在他的屋檐下生活了整整两年，他带她在便壶上方便，带她去幼儿园，还唤她为"女儿"。

　　他可真是无耻，简直完全不知羞耻，麦卡想。廖瓦僵硬的拥抱对她而言一文不值，她紧紧地挺直自己的脑袋。我曾经是那么地想念他，但我现在对此不屑一顾。他们都是傻子，他们很多人都是傻子!麦卡将自己骄傲的头颅猛地一扬，廖瓦瞬时就敏感地松开了手。

　　拉比穿得十分正式，他穿一身已经颇为陈旧的、老式裁剪风格的黑色套装，戴着一顶只有在化装舞会上才能见到的那种巨大的丝绸帽子，每个新进来的人注定一眼就能看到这顶帽子。歪歪扭扭的帽檐下，两缕浓密、未经修剪的发束从他鬓角处倔强地垂落，不愿呈现整齐服帖的螺旋形。他的笑纹颇深，陷入了杂耍演员式的胡子中。他用英语问候道："晚上好。"

　　廖瓦介绍道："梅纳什先生来自以色列。"

　　这时卧室门打开了，维克托神父穿着法衣走了出来。他的脸红扑扑的，在流汗，眼睛一闪一闪。

　　尼娜飞奔过去："怎么样?"

"别担心，尼娜。我过会儿会再回来……刚才和他一起读了《福音书》。"

"他读了，他读了。我以为你现在就会替他做洗礼！"尼娜有点恼火；她总是希望自己的心愿即刻就能实现。

"他现在还想再要一杯玛格丽塔。"维克托神父苦笑了一下。

廖瓦看到了神父，便抓住伊琳娜的手腕。"这是什么意思？是在开玩笑？"

伊琳娜认出了廖瓦脸上颇为激动的神情，在他对她产生瞬间迸发的欲望之前就明白了；她想起在以前，自己只要稍稍用嘲笑或是蔑视激怒一下廖瓦，跟他做爱的感觉便会非常美妙。

"不，这不是什么玩笑，廖瓦。"伊琳娜平静地凝视着他，忍住了微笑以及想把手放到他裤裆上的邪恶冲动。

廖瓦厌恶自己的反应，变得更加敏感了。他涨红了脸，转过头不去看她，说道："我曾反复跟自己说不要跟你搅在一起！可事情最后总是变得跟马戏团一样！"廖瓦低声表达不满，气得胡子发抖。

廖瓦其实不过是在自欺欺人，那只不过是因为伊琳娜的离开曾深深地伤害了他，而他那常年疲惫不堪的妻子总是因婚姻生活中的种种职责而厌烦；廖瓦一直希望，当他像铁榔头一样敲打她的身体时，能听到些跟伊琳娜相似的乐音，但不管他多么用力，都没能如愿。

"她不是女人，她只不过是个麻烦精罢了。"廖瓦哼了一声说。

梅纳什先生满腹狐疑地看着廖瓦。他不懂俄语，也不了解俄罗斯移民的生活；以色列现在住着很多俄罗斯人，这一点是没错，但他住的沙法德并没有俄罗斯移民。他是出生在以色列的犹太人，母语是现代希伯来语，研究过西班牙境内哈里发辖地①的犹太-伊斯兰文化，能够读懂阿拉米语、阿拉伯语和西班牙语，也能讲一口流利的英语，只不过口音比较重罢了。而现在，他听着这些人十分柔软的发音，觉得他们对自己也十分友好。

尼娜鼓足勇气走向这两个留着胡子的人，紧紧握住拉比的手，甩了甩自己闪亮的头发，用俄语说道："感谢你能来。我的丈夫迫切想和你谈一谈。"

廖瓦将尼娜的话翻成了希伯来语。拉比摇了摇自己的胡子，瞥了眼正在脱法衣的维克托神父，说："在美国，神父竟能这么快赶到，我实在是很惊讶。一个犹太人，竟然都没时间去叫拉比，而这个神父却早就到了。"

---

① 哈里发辖地（caliphate），意为伊斯兰教宗教领袖的管辖领域。

尽管两人信仰相互敌对，但是维克托神父还是从房间的另一侧朝拉比投过去一个微笑；他的仁慈并无固守的原则，对所有人一视同仁。他年轻时曾在巴勒斯坦生活过一年多时间，所掌握的希伯来语足以使他给出一个得体的回应："我也是来客之一。"

梅纳什先生连眉毛都没抬一下；他要么没懂，要么就是没听见。

瓦莲京娜将一杯浑浊的黄色饮料塞到维克托神父的手里。他小口抿着。

出于习惯，梅纳什先生将目光从那些裸露着的男女肢体上移开了；正像在沙法德，他看到外国游客成群地从巴士中蜂拥而出，踏上他视若珍宝的圣城，踩着石砖，出入神秘主义者及喀巴拉派教徒高深精神的宝库，那些时候，他也做出同样的反应。他内心评判着那些人。二十年来他一直远离这种生活，也从未为此感到后悔。他的妻子吉尤拉正怀着他的第十个孩子，但从未像这些女人一样毫无羞耻地在他面前赤身裸体。

"Baruch Ata Adonai……"①他出于习惯开始称颂上帝，感谢上帝让自己生而为犹太人。

---

① 希伯来语，意为"上帝保佑你"。

"或许你想先吃点什么？"尼娜问。

廖瓦抬起手打了个手势，又惊恐又感激地拒绝了尼娜。

阿利克闭着眼睛躺在卧室里。合眼后那漆黑一片的背景上，明黄色和绿色的线条互相缠绕着，交织成各色富有节奏而格局明晰的形状。尽管他也曾学习过关于地毯织物的古老语言，但他仍然无法很好地领会这个变动中的图形的基本元素。

"阿利克，你有客人来了。"尼娜走了进来，身后是拉比。尼娜抬起阿利克的头，用湿毛巾擦了擦他的脖颈和胸膛，把那条橘红色的床单铺到他身下，并卷起一些盖住了阿利克裸露着的干瘪的身体。梅纳什先生又一次被美国式的毫无羞耻惊到了；这就好像他们一点都不懂羞耻心几个字是什么意思。出于习惯，梅纳什先生又把思绪转向他刚才想到的内容，《创世记》的第二章，"他们都赤身裸体，并无羞耻"。这些孩子是谁？他们为什么会没有羞耻心？他们看起来并不像是有罪的人，相反，他们看起来纯真无邪。可能我们已经忘记了该如何去读《圣经》？或者说，《圣经》是为那些能以其他方式解读它的人而写的？

尼娜抬起阿利克的双腿，想把他的膝盖并拢，但两条腿又不听使唤地倒开了。

"就这样吧，别管它了。"阿利克闭着眼睛说，看着图案最后一次螺旋变幻。

尼娜在他的膝盖底下塞了个枕头。

"谢谢你，尼娜。"阿利克回应道，睁开了眼睛。

站在他面前的是一个穿着黑色衣服的男人，又高又瘦，满面狐疑，将头歪向一侧，那顶闪闪发亮的黑帽子的帽檐几乎要触碰到他的左肩了。"你说英语吗?"他问。

"是的。"阿利克微笑着回答，给尼娜使了个眼色。

尼娜离开了房间，廖瓦也跟在后头走了。

拉比就坐在那张凳子上，神父刚走不久，凳子还是热的。他犹豫了一会儿，还是把那顶帽子放到了床沿上。他弯身坐着，看起来就像是整个人折成了两半，胡子直垂到棱角分明的膝盖上。他那双穿着破旧的、橡胶底无带便鞋的大脚搁在地板上，脚趾并拢，脚跟分开。拉比十分严肃且专注。他用隐形发卡把一顶小黑便帽牢牢地固定在自己松软的灰黑色头发上。

"是这样的，拉比，我快死了。"阿利克告诉他说。

拉比清了清嗓子，手指交叉着放在膝盖上；他对死亡并不是特别感兴趣。

"你也看到了，我的妻子是个基督徒，想让我也受洗成为基督徒。"阿利克说着说着就陷入了沉默。他对这场游戏的热情正在不断减退，说话对他而言也越来越困难了。

拉比也没说话。他来回抚摩着手指，最后问了句："那么，你怎么会有这种愚蠢的想法呢？"他的意思是另一种愚蠢，但一时没找到那个准确的英语单词，又补充道，"荒谬，我的意思是。"

"对古希腊人来说也许是荒谬的。但对犹太人而言，这难道不是一种诱惑吗？"阿利克的反应速度还没有背弃他，尽管他的身体已几乎没有麻木感，但最近几天，他的脸一直有这种感觉。

"那么拉比有必要了解基督教使徒的经文吗？"梅纳什先生眨着自己明亮而愉快的眼睛。

"有什么是拉比不知道的吗？"阿利克避开了问题。

他们就这么继续着，互相抛问题却始终没有答案，正如犹太人的故事所讲的那样，在现实生活中，彼此原本并不可能如此了解对方。他们之间毫无共同点，家教与经历相差甚远，吃不同的食物，说不同的语言，看不同的书籍。虽然都是受过教育的人，但他们的知识面也鲜有交集。阿利克几乎不知道什么是凯拉姆学，而凯拉姆学却是梅纳什先生这二十年来一直在研究的一种伊斯兰思辨神学，他不辞辛苦地为许多凯拉姆学著作做了评注；但梅纳什先生对于马列维奇和乔治·德·基里科则一无所知。

"除了拉比，你没其他人可以寻求建议了吗？"梅纳什先生问道，带着一种骄傲而幽默的谦逊。

"一个犹太人，不能在死前向拉比寻求建议吗？"

在这种开玩笑似的对话中，一切都藏在表面之下；他们都明白这一点，即他们互相逗趣的同时也把双方都带到一个颇为严肃的处境，它只出现在人们发生联结之时，并且这种联结的痕迹将永不会磨灭。

"我很对不起我的妻子，她在哭。我该怎么做，拉比？"阿利克叹了一声。

拉比收起笑容；他的时刻终于到来。"阿——利克！"他摸了摸鼻梁，动了动他那双大脚，"阿利克！事实上，我这辈子一直生活在以色列，从没离开过，这是我第一次来美国。我才来了三个月，就被震惊到了。我是研究哲学的，犹太哲学——这是一种全然独特的存在。对犹太人来说，一切的中心就在于托拉①。如果一个犹太人不学习托拉的话，他就不能算是一个犹太人。古时候我们有个概念叫作'被俘的孩童'。如果犹太儿童被俘了，丧失了学习托拉的权利，无法按照犹太人的方式来生活、接受教育和家教，而这样的悲惨遭遇也不令他感到愧疚，甚至他本人可能都无法这样去理解这一点。但犹太世界必须要对这些孤儿的

---

① 托拉（Torah），即律法书或称《摩西五经》，《圣经·旧约》中的前五卷。广义上指神启示给以色列人的真理，亦指神启示给人类的教导与指引。

生活起居负起责任，哪怕他们已然年老也是义不容辞的。而这里，在美国，我眼见之处都是'被俘的孩童'，不计其数的犹太人身陷泥潭，还一天到晚跟一些野蛮人混在一起。犹太人的历史上从未发生过这样的事情。叛教者总是存在的，那些被迫接受洗礼的人也是如此——'被俘的孩童'并不仅仅只出现在巴比伦之囚那段时期。但在如今的二十世纪，'被俘的孩童'比真正的犹太人要多得多。这是一个过程，而如果这是一个过程的话，其中必然有无所不能的上帝的意志。我一直在思考这个问题，未来也会继续思考下去。你说起了洗礼。换句话说，是从'被俘的孩童'变为叛教者？但另一方面你又不可能成为一个叛教者，因为从严格意义上来说你并不能算是一个犹太人。在我看来，后者要比前者更加糟糕。但我又要说了，我从来就没得选。"

他从来没得选，这真有意思，我有的呢，都是屁选择。阿利克这样想道。

"我天生就是犹太人，"梅纳什先生继续道，晃了晃较密一侧的头发，"我从一开始就是个犹太人，至死不渝。这对我来说很简单。不过你可以选择。你可以谁也不是，我可以理解为是一个异教徒。你也可以成为一个犹太人，这有充分的理由，是由你的血统决定的。或者你也可以做个基督徒，捡起从犹太人餐桌上掉下来的面包屑。我不想评价这些面包屑的好坏，只是它们在历史上的起源极其可疑。如果一个人是诚实的，耶稣基督牺牲自我这种关乎全能者三位一体的基督教理念，难道不是异教徒最大的胜利吗？"

梅纳什先生咬了咬嘴唇，满面狐疑地看向阿利克。"我认为你至少应该保持在'被俘的孩童'这样一个状态，"梅纳什先生做出了结论，"我向你保证，有些事情是由丈夫来决定的，而不是妻子。我再没什么其他的建议可给你了。"

梅纳什先生感觉坐着不舒服，从椅子上猛地站起，一时间头晕目眩。他伸长脖子俯身向阿利克，准备告辞："你累了，得休息休息。"

梅纳什先生咕哝了两句，阿利克没听懂梅纳什先生说的是哪种语言。

"等下，拉比，我想为我们的告别干杯。"阿利克说。

利宾和鲁迪将阿利克抱到工作室，让他坐下来，或者更准确一点说是把他放到了椅子上。

他非常虚弱，维克托神父想道。圣迹离我们多近啊。我们应该唤醒上帝。让他穿过天花板，降临至此。上帝啊，我们为何对此无能为力呢？

神父感到尤其悲伤，因为他知道悲伤的缘由。

廖瓦急着要带拉比离开，但尼娜出现了，递给他一杯酒。

廖瓦坚定地回绝了，但拉比跟他说了些话。

"你有纸杯和伏特加吗？"廖瓦问尼娜。

"是啊，我们有。"尼娜很惊讶。

"那就倒满吧。"

音乐像是排水沟的气味一样飘浮在街道上。此刻依旧很热，纽约的气温并不因为到了晚上就下降，反而会有所上升，很多人因此患上了失眠，特别是外国人，他们身上带着其他气候所固有的习性。拉比就是这么个情况：尽管他对以色列的高温习以为常，但至少在他最近几年住过的地方，白日的温度在夜晚会有所降低，使人们从骄阳炙烤中得到一些缓解。

尼娜拿来两个纸杯子，递给了这两个留着胡子的人。

"等结束了，我会送你回学校。"廖瓦告诉拉比。

"我不着急。"他回答说，同时想起了自己在旅社里那个闷热的房间，以及漫长的失眠中对于断断续续的睡眠的渴望。

阿利克伸开四肢瘫坐在椅子里。周围是他的朋友们，大嚷大笑地喝着酒。虽说朋友们的注意力都集中在他身上，而他也能感觉到这一点，但一切表现得就好像他并没有坐在那里一样。他很享受这种平淡无奇的生活；至此一生，他都一直像个猎人那样拼命追寻着形状与色彩构成的幻景，但现在，他终于知道，再没有什么比这样毫无意义的聚会更有意思的事情了，人们为美酒举杯共饮、为友情走到一起、为欢欣同聚一室，哪怕这里条件简陋，连张像样的桌子都没有——只有一张放在搁板架上的临时简易桌。

廖瓦和拉比坐在两把摇摇晃晃的简易座椅上；阿利克搬进来的时候，当地的垃圾场简直是帮了大忙，屋里的椅子和小沙发都是从那儿捡来的。在廖瓦和梅纳什先生的对面挂着一幅阿利克的巨幅画作，描绘的是《最后的晚餐》所在的"密室"，有三面窗和一张覆着白布的桌子。桌边没坐人，只有十二棵细心描绘的巨大石榴树，呈现出淡紫色、深红色和粉色的细腻色调。树的表皮粗糙，果实累累，它们有着参差不齐且肥大的花萼裂片，形象逼真的凹痕让人联想到它们内部分隔的结构。三面大窗子外是圣地，看起来如同身临其境，而不是仅仅处在莱昂纳多·达·芬奇的想象之中。

梅纳什先生并不是一个艺术鉴赏家，但他直盯着画作，起先他只看到了艳红色的果实；究竟是哪一种水果引诱了夏娃，苹果、石榴，还是桃子？这是一个由来已久的争论。梅纳什先生也十分熟悉画里描绘的房间：这所谓的《最后的晚餐》所在的"密室"位于耶路撒冷老城中大卫王之墓的正上方。

"尽管如此，这幅画还是表达了一种纯粹的犹太教贞洁观，"梅纳什先生做出了结论，看着画说，"他用石榴树代替了人，这是他的小把戏，可怜的人哪。"

梅纳什先生出生在以色列宣告成立两天后。他的祖父曾是犹太复国运动的拥护者，组织建成了最早的农业聚居地之一；他的父亲则一生都为秘密军事组织哈加纳效命；而梅纳什先生自己，也为这块土地奋斗过。他生于老城的城墙之下，那儿临近蒙蒂菲奥里风车的所在地，而他记得从窗口看到的第一道风景就是锡安门。

二十岁那年，他曾跟随坦克第一次走进这些大门。老城仍弥漫着火与金属的气味。他爬上城墙，在阿拉伯街道、基督徒区以及亚美尼亚区的屋顶所构成的迷宫中寻找着。耶路撒冷的基督教圣地让他心生疑惑，正如其他许多犹太圣地一样。《最后的晚餐》所在的"密室"尤其使他怀疑：这样一场秘密进行的逾越节会面会在伟大国王的白骨之上进行，这实在是太不可思议了。但大卫王之墓本身就疑团重重。他如此深爱着的这个令人惊奇的世界，有脆弱的白色石块，飘浮着不定的光线与炙热的空气，充满了历史和考古上难以置信的事情。书本里智慧构筑的世界有如水晶般清晰，它不是个大概，也没有反常之处，以一种近乎悖论的宏丽美丽、错综复杂的逻辑向上飞升，而现实世界并非如此。

当他第一次离开时，就明白了这片土地对他而言意味着什么。那时他还年轻；从大学毕业后，就被送去了德国学习哲学。一年的集中学习耗尽了他对于欧洲哲学的兴趣，这些哲学都是从活生生的根系上扯下来的，而后者唯有在托拉中才得以辨认。这终结了梅纳什先生短暂的学术教育生涯，而在他二十五至三十岁的这几年中，他踏上了传统的犹太教科学之路，更确切地说是神学。

后来，他娶了一位寡言少语的姑娘，她婚前剃掉了那头秀丽光亮的褐红色长发。从那以后，梅纳什先生过上了一种和谐的生活，这不仅是因为其中每一细节都以一种钟表般的精确进行调整，还因为他在学术上严于律己，在研究时既是老师又甘做学生。

再后来，他的世界发生了天翻地覆的变化：大多数人都开始从广播、电视节目和世俗出版物中来获取信息，而这些并没有影响到他。他始终沉浸在《备好餐桌》中的古老密码里，沉浸在犹太教精神遗产的养分中，也沉浸在他许多孩子的高声喧闹之中。

五年后，他的第一本书出版了，探讨了萨阿迪亚所写的丹尼尔评介与编年史之间的风格差异。这本书出版两年后，梅纳什先生搬去了沙法德。

梅纳什先生的世界既有着《圣经》式的简明，又有着仿佛《塔木德》式的错综复杂，然而其中的方方面面都彼此关联，每天的日常工作都与中世纪文献打交道，这也给他现时的生活投下了一片永恒的阴影。在他身下的山脚处闪耀着加利利海蔚蓝色的光芒，而他自己也一直心怀对于全能上帝深深的感激之情——基督徒可能会称之为法利赛主义——梅纳什先生自认是受上帝眷顾，才得以肩负起侍奉和求知的职责。同时，这个在外人看来可能肮脏、褊狭的东方国度，在梅纳什先生眼中却是一片神圣的土地，是整个世界无可争辩的中心所在，而其他所有国家的历史与文化至多只能被看作是它的注脚。

维克托神父此时早已脱下了身上的法衣，在向着他的人群中硬是挤出一条道来。"我听说你是从以色列来的，在教授一些犹太教课程？"神父用一种教科书般的英语问他。

梅纳什先生站了起来。他之前还从未跟神父讲过话。"是的，我现在在这里的犹太大学教授犹太-伊斯兰文化。"

"他们有些课程非常好，我曾经看过一本那个大学出版的书，是关于圣经考古学的。"神父忽然笑了起来，"在当今世界，你谈论的犹太-伊斯兰主题想必是以某些政治交易为背景发展起来的吧？"

"政治交易？"梅纳什先生不是很理解这个表达方式，"不，不，我并不关心类似政治的东西，我对哲学比较感兴趣。"他看起来有点激动不安。

　　阿利克叫了声瓦莲京娜。"瓦莲京娜，照顾一下那两个人，想法子让他们不醉不休！"

　　瓦莲京娜走了过来，面色绯红、身材丰满，胸前抱了更多的纸杯子。她把杯子放在廖瓦面前，那三个男人就这样开喝了。过了会儿，他们的头凑到了一起，胡子上下抖动着，一面还打着手势。阿利克心满意足地看着他们，跟利宾说："我想我今天已经成功地扮演了一回萨拉丁①的角色。"

　　瓦莲京娜和利宾的眼神相遇了，她向厨房方向点头示意。片刻之后她就把利宾挤到了一个角落里。"我不能问她，必须你去。"她急切地说。

　　"哦，是这样，你不能去，所以就落到了我头上。"利宾脸上浮现一层薄怒。

　　"够了够了。我们必须马上付钱，至少先付一个月的！"

　　"我们一直以来都只是在要钱。"

---

　　① 萨拉丁（1137—1193），中世纪穆斯林世界著名的政治和军事领袖，曾领导阿拉伯人抗击十字军东征，并夺取耶路撒冷。萨拉丁为人慷慨，行为高贵，虽信仰不同，却对战败的基督教军队宽容以待，闻名于基督徒与穆斯林两个世界。

“那只不过是——一个月前才这样，”瓦莲京娜耸了耸肩，“凭什么我要比谁都付得多？我上个月还付了电话费呢，那可都是打往小镇外的电话。尼娜喝醉的时候总是话很多。”

“但她出了力。”利宾叹了一声。

“好的好的，那么找别的人吧，法伊卡怎么样?”

利宾突然大笑起来：法伊卡深陷债务之中，就说这屋子里的人，没有谁她不欠上至少十美元。利宾别无选择，只能去找伊琳娜了。

钱的问题不只是一团糟，简直已经成了一场灾难。早些年，阿利克没生病的时候还卖出过一些画作，但现在他已停止工作，也无法再奔走于各个画廊之间，他的收入实际上也就降为了零，甚至可以说是在零以下。债务不断增加：那些需要解决的，例如像房租和电话账单；那些永远也付不了的，比如医疗账单。

除了这个，还有另一个不怎么愉快的故事，已经拖了有好几年了。当初有两个华盛顿来的商人，是开画廊的，为阿利克策划了一次画展，结果有十二幅画没还回来。说到这件事，阿利克自己也要负起部分责任。如果他能在展览结束当天回到画廊，正如他们当时商量好的那样，就能把画都带回来了。在那之前他曾卖出过三幅画，而他已经开始提前享用卖画所得的报酬了，借了钱和尼娜一起出发去了牙买加，所以展览最后那一天他没能赶回来。即便是从牙买加回来以后，他也没有立即过去看看情况。售卖画作所得的支票出于某些原因没有拿到手，因此阿利克打电话到华盛顿询问情况。那些人反问他之前哪里去了，还告诉他画作已经还回去了，而且一定放在仓库里，因为画廊里已经没有地方可以放了。这简直就是一个厚颜无耻的谎言。

阿利克找伊琳娜帮忙。另一个事实暴露了：阿利克在签合同的时候把自己的那份副本落在了画廊老板那里。这样一个大错使那些家伙占了上风，变得更加猖狂，这样一来，伊琳娜似乎也没有什么可转圜的余地了。她拥有的就只有一份展览的目录，包含着那些画作的信息，还有一份貌似已经卖出去的画的复制品。伊琳娜着手控诉画廊，但因为案件审理进展不顺，她很不情愿地给阿利克开了一张五千美元的支票。伊琳娜告诉阿利克这支票是她迫使画廊那些家伙拿出来的；事实上，她仍抱有相当大的希望能够追回一些金钱上的损失。

那时刚入冬。伊琳娜把支票交给阿利克的时候，他简直乐坏了。"我都不知道该说什么了，太感谢你啦，现在我们就能把房租给付了，最后还能给尼娜买下那件毛皮外套。"

伊琳娜火冒三丈；要是她知道阿利克会把她辛辛苦苦挣来的钱用来买毛皮大衣，她才不会把钱给他。但这已经无法挽回了，一半的钱就这样挥霍在了一件大衣上面。尼娜和阿利克就是这样的人；他们做事还真是言出必行。

"该死的浪荡子，"伊琳娜很生气，"可能他们来这里后还没吃过足够多的苦头吧。"

吐出了肺里滚烫的怒气，伊琳娜决定以后在他们急需的时候就小额地施以援手。毕竟她也是个带着孩子的单身女人，而且没有像别人想的那么有钱；她能挣到那该死的五千美元已经很不容易了。

利宾来找她的时候，伊琳娜早已把自己的支票簿取出来了。随着时间慢慢推移，小额的款项也不知不觉间变成大额了，就像孩子长大一样。

九

留胡子的男人们离开公寓，来到街上。戈特利布一点也没觉得自己喝醉了，却忘了自己把车停哪儿了，他原以为能找到车的地方被别人的一辆加长庞蒂克车占着。

"他们把车拖走了，他们把车拖走了！"维克托神父像个小孩一样大笑着，并无恶意。

"车是可以停在这儿的，他们为什么要拖走?"戈特利布怒气冲冲地说，"你们等着，我去角落里找找。"

拉比并不在乎把自己载回去的是哪辆车，他对那位戴着帽子的、古怪的神父所说的话更感兴趣。"如果你允许的话，我愿意继续，"维克托神父急于想跟他这位不同寻常的同伴分享自己的想法，"你可能会说，第一轮实验非常成功。事实证明，流散在海外的犹太人对于整个世界都具有价值。当然，你们已经把你们遗留在那边的东西都带回身边，但有如此多的犹太人已经被同化和稀释，所有的国家都有不少的犹太人活跃在科学、文化、艺术领域。从某种程度上来说，我是个"亲犹主义者"。每一个正派的基督徒都必须尊重'上帝的选民'。犹太人把自己珍贵的血统注入了每一种文化、每一个民族，你知道这有多么重要。我们从中又得到了些什么呢？这是全世界范围内的一个过程！俄罗斯人离开了他们的聚居地，中国人也是。记住我的话，我们会从这些年轻的美裔华人里找到最优秀的音乐家、最优秀的数学家。我将更进一步——异族通婚！你明白我在说什么吗？这将创造出一支崭新的民族！"

拉比似乎理解了他的对手在说什么，但他并不愿意分享对此话题的看法，只是紧咬着嘴唇。大概三四杯酒吧。他记不清了，反正是很多。

"我们生活在一个新的时代！没有犹太人与非犹太人的区分，哪怕在最直接的意义上也是如此！"神父开心地说着。

拉比顿住脚步，向他摇了摇手指。"这就是了。那对你来说是最重要的事了，对吧——没有犹太人。"

戈特利布终于把车开来，为拉比打开车门，又猛地一下开走了，只留下维克托神父一个人孤零零站在路边，感到一阵深深的窘迫。"看看，他是怎么歪曲事情的，我一点都没有这个意思。"

十

人们并没有尽数散去。有些人留下来，打算睡在地毯上，尼娜也是其中一员；那一晚轮到瓦莲京娜来看护阿利克。

客人一离开，阿利克就睡着了，瓦莲京娜蜷缩在他的脚边。她本可以就这么睡一觉的，但睡眠仿佛有意要为难她，迟迟不肯降临；她发现最近一段时间，酒精有一种驱散睡意的奇特效果。

瓦莲京娜于 1981 年的 11 月到达纽约。那时她二十八岁，身高 1 米 65，体重 85 公斤。她那时还不用磅来计算。她穿着一件来自乌克兰古楚尔地区生产的手工编织加羊毛刺绣的衬衣。她那廉价的布艺手提箱里装着已经完成的、也完全没有可能再会用到的学位论文，一套穿着就像十九世纪晚期沃洛格达农妇的节日服装，三个被禁止带入境的安东诺夫卡苹果，它们馥郁的香气从她那已经弱不禁风、满是缝隙的布艺箱子里散发出来，颇为诱人。这三个苹果原本是她带给自己的美国丈夫的。不知为什么，那人没有来接她。

　　一周前，瓦莲京娜就买了来纽约的票，也告诉了丈夫她要来了。他似乎很高兴，说好会来接她。他们之间是虚假婚姻，但彼此却是真正的朋友。米基在俄罗斯生活过一年时间，他在搜索二十世纪三十年代苏维埃电影的相关素材的同时，也和一个小恶魔谈了段令人神经衰弱的恋爱。那小恶魔不仅使他蒙羞，还抢了他的东西，使他坠入了嫉恨猜忌的地狱。米基在莫斯科最新潮的语文学校认识了瓦莲京娜。瓦莲京娜把米基带回到她的住处，给他喝缬草滴剂，煮了些俄罗斯饺子给他吃，最终，瓦莲京娜听到了米基破碎不堪的忏悔词，那是一个同性恋因为无法改变自己的性取向而身心崩溃的结果。米基长得又高又单薄。他痛哭流涕，将自己的伤痛对瓦莲京娜倾吐而出，连续不断地做着精神分析式的自我解剖。瓦莲京娜的心渐渐融化了，她对眼前这个人变化无常的性格感到异常惊奇。在米基长达两小时的自我独白中，瓦莲京娜趁他有一次稍事喘息时问："那么，你是从来都没跟女人相处过吗？"

事实并非如此简单：在米基十四岁的时候，有个十七岁的表亲从康涅狄格州来到他家，待了一个半月。米基因为她的爱抚而备受折磨。最终，那个表亲抛弃了米基。米基就这样永久地失去了童贞，取而代之的是永远无法消退的罪恶感。

这样一个动人心魄的故事，从头到尾满是确切的细节，对于瓦莲京娜而言却似乎太过文学化了些，等到米基终于把故事讲完，瓦莲京娜已筋疲力尽。瓦莲京娜把米基的手稳稳地放到自己饱满的胸部上，毫不费劲地就实施了一回"强奸"，使米基得到了完完全全的满足感。这是米基的生命中仅有的一次，但从那时起，他们的关系就变得异常温暖而亲密了。

在那时，瓦莲京娜自己正经历着一场情感危机，一个她所深爱的男人竟背叛了她。那是一个广为人知的异见人士，曾在监狱待过一段时间。很多人都将他看作是诚实勇敢、无可指责的英雄。但他那公开的和隐藏的表现之间有明显的分界线：表面上堪为表率，暗地里残酷邪恶。一跟女人在一起，他就变得贪得无厌且混乱随便，而他也充分利用了她们所有人。他离开了俄罗斯，这让他众多怀有最极端反苏倾向的美丽女友深感痛心。他至少留下两个私生子，他们后续的生活只能靠父亲的"英雄传说"来"支撑"。

他娶了一个漂亮的意大利女人，带着无限荣光离开了俄罗斯。他抛弃了瓦莲京娜，留下她被克格勃盯梢，当时，她的论文也尚未提交。仁慈善良的米基提出要和瓦莲京娜建立虚假婚姻关系，于是他们便结婚了。为恪守礼节，他们是在瓦莲京娜母亲的居住地卡卢加举行的婚礼。从那天起，瓦莲京娜的母亲就与女儿和解了。她并不喜欢女儿的丈夫，私下里还叫米基"绦虫"。但米基的美国护照却很讨丈母娘喜欢；在她干了一辈子清洁工的印花厂里，还没有谁能把自己的女儿嫁给一个美国人。

瓦莲京娜在肯尼迪机场等了米基整整两个小时，最终向他家里打去电话。没有人接，因此瓦莲京娜决定去米基给她的那个地址看一看。她向一些友好的美国人问了路，他们解释说那地方根本就不在纽约，而是在附近的郊区。（瓦莲京娜已经学会了一些零零碎碎的英语，但总体而言并不多。）她多少明白自己在做什么，就动身去了她写下的地址。

瓦莲京娜此时原本应该会感到焦虑，但一种全然不真实的感觉使她从中解脱出来。无论将来会如何，总比她抛诸身后的过去要好多了：过去的一切都遭到了恶毒的诅咒，是如此糟糕。

瓦莲京娜带着这些欢欣的憧憬，坐上了公交车。不知为何没有人收她的钱。瓦莲京娜想，这或许就是"自由①的土地"的意思吧，也为不用付钱而感到十分开心；她随身带了五十美元，如果要追踪那位不知去向的丈夫，她就必须牢牢抓住这笔钱。

　　她又经历了几次小小的冒险，一切都给她留下了深刻的印象。瓦莲京娜在夕阳西下时来到了塔利墩，她呼吸着夜晚的空气，在公交车站的黄色长凳上坐了下来。她已经有三十六个小时没合过眼了，眼前只见天地摇晃，大脑因为失重和不确定的感觉而晕眩着。

　　在长凳上坐了十分钟以后，瓦莲京娜抓起行李箱，走进了一块停着轿车、四四方方的小空地，向一个正在修理车锁的年轻男人问路。那年轻人一个字没说，伸手打开车门，把瓦莲京娜载到了小山丘上。那儿有座漂亮的两层楼房，周围环绕着精心照料的灌木，里头的灯光影影绰绰。瓦莲京娜在白色板条的双开大门前站住了。

　　米基的母亲蕾切尔，整个早上都被自己醒来前所做的一个美梦困扰着。在梦里，她看到了一个院子里不存在的白色木制凉亭，凉亭里，一个甜美的、微微有些胖的小女

---

　　① 在英语中，"自由"与"免费"用的是同一个单词free，此处为双关语。

孩正向她说着一些很重要又很愉快的事情；那个小女孩还是个小不点儿，而且在现实中，小孩子是不会那样郑重其事地谈论事情的。然而小女孩说了些什么，蕾切尔已经记不得了。

白日里，蕾切尔躺下小憩，试着重新梦见凉亭和微胖的小女孩，这样她就可以知道那件重要的事情最后究竟是怎么一回事。但那个小女孩并没有重新出现，也没有必要指望她会出现，因为蕾切尔从不会在白天做梦。

现在，蕾切尔摇摇晃晃走向大门，这个面容朴素的犹太女人，圆圆的眼睛周围是经年失眠遗留下来的黑眼圈，看见一个女孩提着一个方格布艺手提箱站在门外。蕾切尔将她请进屋。

"晚上好，我能跟米基说句话吗?"女孩问道。

"米基?"蕾切尔很是惊讶，"他不住在这儿，他住在曼哈顿。不过他昨天动身去了加利福尼亚。"

瓦莲京娜将手提箱放在了地上。"好奇怪呀，他明明说过会来接我的。"

"哎呀，米基就是这样!"蕾切尔挥了挥手，"你是从哪儿来的?"

"莫斯科。"

瓦莲京娜此时背对白色大门站着，蕾切尔立刻就明白了，自己梦中的凉亭一定就是这对门，而那个微胖的小女孩就是面前这个微胖的姑娘。"我的天哪，我的父母来自华沙！"蕾切尔开心地叫了出来，就好像华沙和莫斯科是两条相邻的街道一样，"来吧，进来吧！"

几分钟后，瓦莲京娜坐在了客厅里一张低矮的桌子旁，看着外面那一大片倾斜的花园，树冠在聚拢的黑暗中弯着靠向明亮的窗户。桌子上有两个没上釉的精致的杯子，薄得跟纸一样，还有一把粗制的赤陶茶壶；桌上还放着一些像海藻一样的小饼干和一些带有精美外壳的粉色三角坚果。蕾切尔把手放在自己的胃部，摆出和瓦莲京娜的母亲一样的农妇般的姿势，包着绿色丝绸头巾的头微微倾向一侧，带着一种友好善意的兴味看着瓦莲京娜。原来这个俄罗斯女人会说波兰语，因此她们就用波兰语交谈，这使得蕾切尔十分高兴。

"你来这里是为度假还是工作呢？"蕾切尔终于问出这个至关重要的问题。

"我是来这里定居的。米基说好会来接我，帮我找一份工作。"瓦莲京娜叹了口气。

"你在莫斯科见过他？"蕾切尔问道，将头歪向另一侧：她有这么个有趣的习惯，喜欢把头从一边倒向另一边。

瓦莲京娜沉思了一会儿；跟别人用波兰语谈论一些世

俗的琐事，这太累人了，何况还得稍稍润饰一下要说的话，忽然之间，这一切似乎超出了她的能力。"事实是，我们结婚了。"

蕾切尔的脸一下子涨红了。她跳了起来，跑出房间。"大卫！大卫！快来！"她的声音在整座屋子里回荡着。

大卫是蕾切尔的丈夫，跟米基一样又瘦又高，穿着一件红色衬衣，戴着一顶小帽子，手里拿着一支粗大的钢笔，站在楼梯顶端，用一种疑惑的眼神凝视着蕾切尔，什么也没说。

米基的父母是天造地设的一对。彼此都在对方身上发现了自己所缺乏的东西，并为此深感欣喜。几年前，他们之间的关系已经接近人类亲密度的极限，他们年近六十，期望过一个漫长和幸福的晚年。就在这时，他们忽然惊恐无比地发现，自己唯一的儿子偏离了性别法则，陷入了一种异教的邪恶之中，而这种邪恶，蕾切尔甚至找不到一个名称来指称它。

"我们曾经很快乐，太快乐了。"蕾切尔曾在无数个难以入眠的夜晚，躺在宽大的婚床上喃喃自语。自从发现儿子坠入邪恶之中，蕾切尔与大卫再也没有碰过彼此。"上帝啊，让他恢复正常吧！"

通俗心理学读物用简单明晰的语言告诉蕾切尔，她的儿子并无任何异常之处，一切都很好，一个仁慈人道的社会必须赋予她儿子神圣不可剥夺的权利，让他能够自己选择其所爱。但这对于蕾切尔固守传统的灵魂而言，并不是什么安慰。她也曾是个犹太女孩，被修女从水深火热之中救出来，占领期时，在修道院中躲藏了将近三年。她本不应该，但最终还是求助于上帝之母，用波兰语祈祷道："圣母啊，请为他做些什么吧，让他……"

大卫慢慢地从楼梯上走了下来，看见蕾切尔开心的面孔，他猜想幸福终于降临到了蕾切尔身上。

但这幸福却是虚假的：瓦莲京娜坐在客厅里，努力睁着疲惫的双眼。这就是她美国生活的开始。

阿利克微微动了一下。

瓦莲京娜站了起来。"怎么了，阿利克？"

"水。"

瓦莲京娜把杯子递到阿利克唇边。他呷了一小口就开始咳嗽起来。瓦莲京娜让阿利克坐起身来，轻轻拍着他的背；阿利克已经跟安卡·克朗送来的木偶一样轻飘飘的了。"好了，让我去把你的吸管拿来吧。"

阿利克喝了更多的水，又是一阵咳嗽。最近这样的状况越来越频繁出现。瓦莲京娜又稍稍移动了一下阿利克的身体，轻轻拍他的背。她把吸管送到阿利克面前，他又开始咳嗽，这次时间更长，而且清不了嗓子。瓦莲京娜打湿了一条毛巾，敷在阿利克嘴上。他的双唇十分干燥，微微开裂。

"要我在你嘴唇上涂点什么吗?"她问道。

"绝不，我讨厌油脂。把你的手指给我吧。"

瓦莲京娜把自己的手指放在他干裂的双唇之间，他用舌头在手指上舔着。对阿利克而言，这是仅存的触摸了;看起来今晚他们将最后一次彼此温存。他们都这么想着。

"我将以奸夫的身份死去。"阿利克静静地说。

最开始几年，瓦莲京娜的生活曾异常艰辛。通常她都在下班之后直接去上课。但有一天，她必须早早回家，因为女房东打电话让她把钥匙带回去，说是前门出了点问题，瓦莲京娜没明白那到底是什么意思。她把自己的钥匙交给女房东，但仍旧没派上用场。瓦莲京娜决定先把坏掉的门锁留给女房东处理，去街角卡茨开的犹太熟食店吃过东西后就去上课。卡茨店里的东西价廉物美，咸牛肉和火鸡三明治美味极了。店里的伙计们结实健壮，看起来能够抬动厚水泥板，他们一边用方言大声聊着天，一边极富艺术感地用大菜刀把香喷喷的牛肉切成一条一条。这地方挤满了人，柜台前排着一条长长的队伍。站在瓦莲京娜前头的那个男人背对着她，亲切地跟店员攀谈起来："听我说，米沙，我来这儿买东西已有十年了。你和阿伦，你俩比十年前胖了一倍，可三明治却只有十年前一半厚了。这是为啥？"

阿伦迅速地挥了挥空着的双手，给瓦莲京娜使了个眼色："你以为他是在给我暗示？"

瓦莲京娜身前的男人转过来看着她。他用一根橡皮筋绑住了自己僵硬的红色马尾辫，一张长满雀斑的脸正在哈哈大笑，下巴上的红色胡楂粗短刚硬，颇有喜感。"他以为这是个暗示。这可不是什么暗示，这是生活之谜呀！"

米沙用叉子戳住了一片小黄瓜，接着又是一片，把它们放在硬纸盘子上饱满多汁的三明治旁边。"这是多余的泡菜，阿利克，给你的。"他又转向瓦莲京娜，"他说自己是个艺术家，但我知道，他是老家那边的消费者权益部的人。他们甚至一路跟我到这儿。你要烟熏牛肉？"

瓦莲京娜点了点头。米沙挥舞着刀子。长着红胡子的那个男人在不远处的一张桌子旁坐了下来。虽然另有一处已经空了出来，但他却把瓦莲京娜的纸盘子从她手里一把夺走，放在桌子上，挪了张椅子过来。瓦莲京娜没说话，坐下了。

"你是从莫斯科来的?"他问道。

瓦莲京娜点点头。

"在这儿很久了?"

"一个半月。"

"我就知道,你脸上还没有那种成熟老练的神情呢。"他的表情直率且温厚,"你是做什么的?"

"托婴服务,上课,你知道的。"

"那太好了!"他说,"你很快就能站稳脚跟。"

瓦莲京娜把自己的三明治扯开成了两片儿。

"不,不!你在干吗呢?没人那么吃!美国人不会容忍这样做,这可是很神圣的!只要把你的嘴张得大大的,保证别溢出番茄酱来就行啦。"他沿着自己那块三明治凸出的边缘,一口一口干净利落地咬着。"在这儿生活是很简单的。没有太多规则。但你得知道它们是什么。"

"规则?"瓦莲京娜问道,顺从地把扯成两片的三明治又合了起来。

"这是第一个。第二个规则就是要微笑。"阿利克咧着塞满三明治的嘴朝瓦莲京娜笑着。

"那第三个呢?"

"你叫什么名字?"

"瓦莲京娜。"

"嗯，"他喃喃道，"瓦列奇卡。"

"瓦莲京娜。"她纠正道。她从很小的时候开始就一直很讨厌"瓦列奇卡"这个名字。

"好吧，瓦莲京娜，或许我们现在还不太了解彼此，但别介意，我会告诉你的。牛顿第二定律是这么说的：微笑，但要遮住你的屁股。"

瓦莲京娜笑了出来，番茄酱滴到了她的围巾上。

"接下来嘛，当然就是第三条了，"阿利克擦掉番茄酱继续说，"从前面两条说起。这些可算是美国最好的三明治。没错，这个吃饭的地儿差不多有一百年的历史了。埃德加·爱伦·坡来过这儿——杰克·伦敦，欧·亨利，他们都用十美分在这儿买过三明治。顺便说一句，美国人并不了解这些作家。不过，他们可能会在学校里教授一些有关爱伦·坡的东西。但如果这家店的主人读过他们其中任何一人的书，他准会把那作家的肖像挂在这儿。这是我们美国人的不幸啊，我们的三明治的确做得可以，但文化真是不够。尽管你可以打赌说卡茨家第一代的孙子是从哈佛毕业的——我不是说亚当，而是第一代店老板——他孙子在巴黎的索邦大学求学，而且很可能参加过1968年的学生革命……"

瓦莲京娜不敢问他脑中浮现的是哪一场革命，但阿利克放下了三明治，又继续说："这些小黄瓜是在圆桶里腌制的，你在别处找不到像这样的小黄瓜了。他们亲手腌的。说实话，我喜欢再软一点儿、再干瘪一点儿的小黄瓜，但这些也挺好，至少他们没用醋。这是一个令人惊叹的城市啊，无所不有，简直就是城市中的城市，是巴别塔！但它名副其实，我的天哪，名副其实！"阿利克看起来并不像是在对瓦莲京娜说话，而像是在跟某个根本不存在的人争论一样。

"但这里很脏，也很让人沮丧，而且还有好多黑人。"瓦莲京娜轻声说。

"你从俄罗斯来，你还觉得美国很脏？这真是有趣极了！还有黑人，他们可是纽约最棒的装饰啊！你不喜欢音乐吗？没有音乐，哪还有什么美国！而且这是黑人音乐，黑人音乐！"阿利克因为瓦莲京娜的话又受伤又生气，"你什么也不懂，所以你最好还是闭嘴！"

他们吃完了东西，来到外面。在咖啡馆门前，阿利克问道："你要去哪儿？"

"去华盛顿广场，我在那里上课。"

"英语课？"

瓦莲京娜点了点头。"高阶英语。"

"我陪你去那儿吧。我住的地方就在几个街区以外。往上到阿斯特广场，然后拐个弯就是，"阿利克挥了挥手，"那里就是朋克少年们游荡的地方了。他们真是令人惊奇，全都穿黑皮衣，戴奇奇怪怪的金属饰品。美国朋克跟英国朋克一点也不像，他们的音乐也是另一种风格。广场旁边是乌克兰老区——不过没那么有趣罢了。噢，那里还有一家特别棒的爱尔兰酒吧，真正的爱尔兰酒吧。他们甚至不让女人进去。不过他们现在可能让了，但那里没有女人用的坐便器，只有男人用的小便池。这不是一个城市，这是一座活生生的街道剧院啊。这么多年来，我一直无法让自己摆脱这城市。"

　　阿利克和瓦莲京娜就这样一直走过了包厘街。这条街上清一色灰蒙蒙的建筑，等走到其中一栋前时，阿利克突然拦住了瓦莲京娜。"你看，这就是CBGB①，对玩音乐的人来说，这世上再没有哪里比这儿更重要的了。一百年后，人们会小心刮取这些墙面上的石膏碎屑，放入金盒子里珍藏起来。这可是真事儿。这里正孕育着一种新的文化。'针织工厂'②也是一样。每天晚上都会有天才在那里演奏，

---

　　① CBGB，纽约一家充满传奇色彩的摇滚俱乐部，于1973年12月成立。在它三十年的历史里，许多后来在摇滚史上颇具影响力的乐队、音乐人，如雷蒙斯乐队、伊基·波普、帕蒂·史密斯等，都在此表演过。

　　② "针织工厂"（The Knitting Factory），1987年开张，是一家以实验音乐、各色文艺表演而闻名的酒吧。

每天晚上。"

一个瘦得皮包骨的黑人男孩从一扇已经有些斑驳的大门里蹦跳着出来，身上穿一件红白相间的外套。阿利克向他打了个招呼。

"我说什么来着？那就是博比，吹长笛的。每天晚上，他的表演简直如同天堂一般美妙。我不久前还来过这里买他演出的门票呢。我的妻子不愿跟我一起来，她并不喜欢这一类的音乐。你愿意跟我一起吗？"

"我只有星期天才有空，"瓦莲京娜回答道，"我平常都从早上八点一直忙到夜里十一点。"

"噢，我明白了，没什么时间。"阿利克咧嘴笑了笑。

"嗯，是这样的——我从九点开始工作，六点下班，七点要去上课。第二天我得去照看我房东的孙女儿，到晚上十一点才空下来，然后十二点睡觉。我睡三个小时就醒了，就是这样。凌晨三点钟的时候，我就像是那些个不倒翁似的。我试过醒了以后再去睡一会儿，但没有用，三点以后我就睡不着了。"

"噢，那个点儿可没什么音乐会可以听，但也有不少地方是不夜城啊。我们什么时候去都是可以的，三点也行。"

那时尼娜严重酗酒，需求也特别简单。白天，她会喝完半瓶兑了美国果汁的俄罗斯伏特加，直到凌晨一点她都还在酣睡。阿利克会把睡梦中的尼娜从扶手椅上抱进卧室，在她身旁躺下睡一会儿。阿利克是那种不需要很多睡眠的人，就像拿破仑。

阿利克与瓦莲京娜的爱情就是在早晨三点到八点之间慢慢发酵的。他俩并非一见钟情，而是日久生情。蕾切尔在自己一个朋友那里给瓦莲京娜找了间地下室住，而等到阿利克终于走进瓦莲京娜的房间时，时间已过去了整整两个月。

在这头两个月，阿利克会在三点来找瓦莲京娜，每星期两次。他弯下腰，朝着瓦莲京娜灯光黯淡的窗子吹两声口哨。十分钟后，穿着她那件古楚尔产的黑色衬衣的瓦莲京娜就会健康快活地出现在门口，跟阿利克一起去那些鲜有移民会去光顾的夜场。

一月份有几夜特别冷，几乎下了整整一星期雪，阿利克和瓦莲京娜走到一家渔市。这里离华尔街就只有几步之遥，但却充盈着不可思议的生活。来自世界各地的船舶泊在港口里，渔民们弓起腰背来讨生活，通常的情况是，他们扛起结冰的货物，或推拉着满载的车和篮子。仓库的高墙豁然打开宽敞的大门，慷慨地接纳着大批来自海洋的财富。两个身形健壮的男人肩扛着一大桶银色金枪鱼，上面还覆着一层薄薄的冰霜，这场景令人惊叹。货摊上则摆放着普普通通、并不起眼的各色小鱼，而人们的注意力被大量长相奇特的海洋怪物吸引，它们长着可怕的眼睛、爪钳和吸盘。有的鱼看起来整个就是一张大嘴，还有许许多多外形古怪、内里长着细长肉片的甲壳类动物。有的长着蛇一样的身体，姣好的面孔则令人想到美人鱼；有的一半是动物，一半是植物，呈现出一种介于两者之间的生命形态；海草在这儿显得分外分明，像藤蔓一样富有层次，伸展开去。在白色的灯光下，缤纷的色彩都融为了一种奇异的旋涡，一会儿是海蓝色混杂着银红色，一会儿又变成了草绿色相间着粉红色。有些生物还在颤动，有些却已完全僵硬。

走进小巷，阿利克和瓦莲京娜看到铁制火盆燃着四处舔舐的火苗，周围不时会有冻得发抖的人聚拢取暖。这里的人跟他们的货物一样奇特：有红褐色胡子上结满了一条条霜花的挪威人，有蓄着络腮胡子的中国人，有长着古老、异域面孔的岛民。来自纽约和新泽西各处的批发商人被这里的低价吸引，就像高级酒店的老板和厨师喜欢这里的新鲜食材一样，一拥而来将人群冲散了。

"这简直就是一个童话世界！"瓦莲京娜笑了起来，而对阿利克来说，能找到一个跟他志趣相投、同样热爱这些事物的人，也是件非常快乐的事。

"我跟你说什么来着？"阿利克把瓦莲京娜拉进一个咖

啡厅去喝了些威士忌酒，在这样寒冷刺骨的天气里，喝点酒暖暖身子是很有必要的。当然了，咖啡厅的老板熟络地跟阿利克打了个招呼。

"他是我的一个朋友。看这儿。"阿利克伸出一根手指戳向一堵墙的方向，上面挂着一幅小小的画，描绘着两条小小的鱼：一条淡红色，大钉子似的鱼鳍向外张开；另一条淡灰色，样子颇像一条鲱鱼。旁边还挂着一些游艇和船舶的印刷品，还有些照片，上面是瓦莲京娜不认识的人。"罗伯特说，那幅画的价值够我在这屋子里喝一辈子酒。"

果然，那个秃头、红脸的老板早已端给他们两杯威士忌。

咖啡厅里有许多的水手、装货工和商人。这里是男人的地盘，女人不会来。男人们喝着酒，品着咖啡厅里的鱼汤，但食物并非关键。那些人来这里不是为了吃东西，而是来喝酒、休息、取暖的。这段时间持续的寒冷对纽约人来说实属罕见；他们似乎无法理解那些真正的北方人的做法——在薄衬衣外穿一件皮大衣，在两双尼龙袜子外套上橡胶靴，并在头顶上牢牢地戴一顶棒球帽——这无法让人感到暖和。

"喝快点，不然我们就错过重头戏了。"阿利克催了催瓦莲京娜。

他们再一次来到了街上。在他们进屋的这半个小时里，外面的一切简直如卡通片般全换了个样儿。货摊已经收拾掉了，仓库的大门也关了回去，重新化作坚固的墙壁，燃着快活火苗的铁制火盆也没了，一队高个年轻男孩从海港方向向他们走来，一边走一边冲洗着落在地面上的鱼杂。十五分钟后，在这个曼哈顿最南端的海角处，几乎只有阿利克和瓦莲京娜两个人孤独地站在那儿，这持续整夜的景象就像是一场绮丽魔幻的梦境。

"好啦，我们走吧，再去喝点。"阿利克说道，带瓦莲京娜去了路边一家空无一人的小饭馆。饭馆里的桌子被擦得闪闪发亮，非常干净。一个年轻男孩，店老板的儿子，刚刚拖完地，向阿利克点了点头。

"这还不是全部。准确地说，十五分钟以后，我们就能看到最后一幕啦。"

正是十五分钟后，附近的地铁站开始涌出人流。那些打扮优雅的男人、梳妆得体的女士，都穿着漂亮的皮鞋和光鲜的衣装，喷着与时节相衬的香水。

"我的天哪，他们这是要去哪儿？去参加聚会吗？"瓦莲京娜倒抽一口冷气。

"大多是职员和秘书，在华尔街工作，住在霍博肯，那儿也是个迷人的地方，改天我带你去转转。他们并没有那么多钱，一年大概能挣六万到十万美元吧。白领，最会卑躬屈膝、奴颜谄媚的一类人了。"

阿利克和瓦莲京娜一同朝车站走去，因为现在已经到了瓦莲京娜去工作的时间了。她望了望四周，渔市那里现在已经只剩下一丝微弱的鱼腥味了，要用力吸气才能闻得到。

跟渔市类似的还有肉类与鲜花市场。花市上有许许多多的绿树盆景，走在其中容易迷失；花市在八点开张，一直持续整个白天。阿利克和瓦莲京娜曾有一次在肉市外碰见一个红发男人，看着面熟。阿利克和他说了一番话，然后跟瓦莲京娜继续往前走。

"那是谁?"

"你没认出来吗? 那是布罗茨基，他就住在这儿附近。"

"真的就是那个布罗茨基吗?"瓦莲京娜惊奇地问。

那确实是活生生的布罗茨基本人。

阿利克还和瓦莲京娜一起去过一个舞蹈俱乐部，里头的常客很特别，全是些有钱的老太太和老先生，他们保留着对于探戈舞、狐步舞和波士顿华尔兹的爱好。

有时候两人就只是散散步。接着，有天晚上他们接了吻，自那以后他们几乎就不散步了。阿利克会在街上吹几声口哨，瓦莲京娜就开门迎他进去。

有段时间米基去加利福尼亚一所知名的电影学校教书，瓦莲京娜就搬到了米基的公寓里。蕾切尔依旧在悲叹瓦莲京娜那对丰满的乳房本可以为她哺育可爱的孙子孙女们，而且不论多少。米基的私生活则已经有所改善了，他的情人是一个来自西班牙的小教授，专攻加西亚·洛尔卡的作品。

米基的公寓在市中心，阿利克每次就去那儿找瓦莲京娜，时间则仍然是雷打不动的三点到八点。

曾经有过一段时间，瓦莲京娜拒绝阿利克来访。她搬到了皇后区，那里有所大学聘请她去教俄文。瓦莲京娜在皇后区认识了另一个男人，他也来自俄罗斯；没有人见过那个男人，只知道他是干货车司机这一行的。这个货车司机在瓦莲京娜的生活中到底存在了多长时间，至今还是个谜；但在瓦莲京娜经过激烈的竞争，进了纽约一所大学教书，总算在美国获得一份像样的工作后，那个货车司机便消失了，而阿利克又回来了。这一次，瓦莲京娜知道，将会永远如此，谁也不会再离开谁，无论是瓦莲京娜和阿利克，还是阿利克和尼娜。

十一

柳达是一名来自莫斯科的工程师，前一天，他被带到公寓里，在毯子上过了一夜，并留了下来。早晨是一天中最安静的时候，上班的都上班去了，没上班、靠领救济金过活的人都还没醒来，而尼娜还没有从她那橘汁味儿的梦里脱身。于是，柳达这个其貌不扬、不被注意的女人，就把昨天剩下来的杯盘碗碟都给洗了，又去看了看阿利克。阿利克早就醒了。

"我是柳达，从莫斯科来。"为了慎重起见，她还是重复了一遍；昨天已经有人向阿利克介绍过她，但她已经习惯于人们记不住她的名字。

"来这儿很长时间了吗?"阿利克立时就清醒了。

"六天了，但感觉像是很久了。需要我给你擦洗一下吗?"柳达轻轻地问，好像她每天早晨的主要活动就是给病人擦洗身体一样。她拿来一条湿毛巾，给阿利克擦了擦脸、脖子和手。

"那么，莫斯科有什么新消息吗？"阿利克不带感情地问道。

"还是老样子。广播里净是些废话，商店也没什么人，哪有什么新消息。要吃早饭吗？"

"嗯，那试试吧。"

吃早饭对阿利克来说并非易事。过去两个星期以来，他只吃一些婴儿食物；对他来说，连咽下水果糊都已经很困难了。

"我去给你做些土豆泥。"柳达早在厨房里摆弄起那些锅碗瓢盆，叮当作响。

柳达做的土豆泥非常稀，很容易就滑下了喉咙。阿利克今早感觉变好了些：光线不再那么模糊不清了，视觉也更加清晰，不会再耍花样了。

柳达将阿利克的枕头垫高，悲伤地想着，送走身边每一个人好像已经成了她的命运。在过去四十五年里，她已先后埋葬了自己的母亲、父亲、祖父、祖母与外祖母，还有第一任丈夫，不久前还送走了一个关系亲密的朋友。柳达喂他们食物，给他们擦洗身体。而这一次，阿利克甚至都不属于亲朋之列，只是有人把她带到了他的面前。

柳达有着一大堆的事儿要干。她列了一张长长的清单，上面全是要去添购的东西；她还要去见许多陌生人，那些人想向她了解他们莫斯科亲戚的近况，同时也向她唠叨他们自己的生活，以至于柳达早已觉得自己多少是这类荒唐的家庭的一员；正如她根本没法离开眼前这个她即将爱上的男人，而她的心竟会在同一个地方再次破碎。

电话铃响了。柳达拿起话筒，不知是谁在电话那头声嘶力竭地大喊："打开电视看CNN！莫斯科发生政变了！"

"莫斯科发生政变了，"柳达声音颤抖，"你有新消息看了。"

零碎的新闻片段从电视屏幕上飞快地一闪而过。某种国家紧急状态，丑陋野蛮的面孔，声音沙哑，显而易见的腐败，就像是嘴巴里型号错误、不合适的假牙一般。

"他们是从哪儿找的这些面目可憎的恶棍？"阿利克大声问道。

"这儿的人就更好吗？"柳达脱口而出，言语间带着连她自己都感到意外的爱国之情。

"是的，"阿利克想了想，"他们的确更好。当然了，他们也都是些骗子，但至少这儿的会有所悔悟。至于那儿的人，压根儿就没有羞耻心。"

现在发生的事情简直匪夷所思。显然，戈尔巴乔夫的健康出了状况。

"他们现在可能已经杀了他。"阿利克说。

电话不停地响着，像这样的大事儿是不可能只有一个人知道的。

柳达把电视机挪近了一些，这样阿利克看起来就轻松一点。

柳达的票是九月六号的。她必须现在就改签，然后马上回去。回哪儿去呢？她的儿子在这里，她的丈夫若能过来一起，他们会更好些。但他们在这里能做些什么呢？语言不通，一无所有。在家里，他们还有自己的书，有朋友们，有许许多多可亲可爱的人在身边。现在，所有的一切都被电视上这片瞬息万变的乌云所笼罩。

"我就说，在那个条约签署之前一定会发生点儿什么的。"阿利克得意地说道。

"什么条约？"柳达问道。她从不关心政治，因为那让她感到厌恶。

"能不能把尼娜叫起来？"阿利克向柳达请求道。

然而尼娜早已悄悄走进了卧室。

"记住我的话，一切决断就在此一刻了。"阿利克预言道。

"决断什么？"尼娜慌乱不安地问道。她尚在半睡半醒之中；所有公寓以外发生的事情对她来说都一样遥远。

到了晚上，公寓里又聚起一大伙人。电视已经从卧室挪到了画室的地板上，大家都像潮水一样从阿利克身边散开，围到了电视机周围。有些不可思议的事情正在发生：一个一颤一颤的提线木偶突然蹦了出来，一个澡堂管理员，一个留胡子的人却长着一张狗一样的面孔，显出半人半魔的样子，《叶甫盖尼·奥涅金》的梦境场景中一连串千变万化的幻觉，以及坦克。军队进入莫斯科城。巨大的坦克徐徐驶过这座城市的街道，对战双方是谁尚不清楚。

柳达紧捂着自己的太阳穴，小声抱怨道："现在怎么回事？接下来呢？"

柳达的儿子是个年轻的计算机程序员，早早地就下班回来了，此刻正坐在柳达身边，有些窘迫地说道："接下来？当然是由军队掌权。"

屋子里的人试着拨通莫斯科的电话，但都是占线。毫无疑问，成千上万的人都在同一时刻向莫斯科打去电话。

"快看，快看，坦克正经过我们的房子呢！"

此时，坦克正沿着花园环路①行驶。

_____

① 花园环路，莫斯科的主要环线之一，以克里姆林宫为中心，沿途多公园和花园。花园环路以内为莫斯科城的中心区域。

“你哭什么呀？你儿子在这里，你就好好地在这儿待下去，就是这样啦。”法伊卡试着安慰柳达。

“爸爸他可能很早以前就退休了吧。”尼娜说了句不相干的话。

只有阿利克知道尼娜这句话与此情此景的关系：尼娜的父亲曾是一名一心为国的克格勃高级警察，当年在尼娜离开俄罗斯的时候，她的父亲就宣布与她断绝关系了，还禁止尼娜的母亲给她写信。

“让这些掌权的家伙和伏特加一道见鬼去吧！”利宾跳了起来，冲向了电梯。

焦亚能够流畅地阅读俄文，但要听懂俄语却有点困难。但此时，她忽然发现自己的耳朵开窍了，电视机里播音员说的每一个字她都一一听懂了。有些人虽从未踏足某个陌生国度，却会爱上它，并从久经岁月沉淀的旧书和糟糕的翻译中一点一滴去了解它；焦亚就是这类人中的一员。现在，由于某种意外的灵感，她理解了播音稿中的所有内容。画家鲁迪呆呆地盯着电视屏幕，显得非常焦躁不安，拉了拉焦亚的手肘，想让她给翻译翻译。

然而，发生在莫斯科的事情是如此费解，以至于在场的每一个人都好像需要“翻译”。

人们暂时忘记了阿利克。他闭上眼睛，电视里的事件像许多闪烁的光点构成的图案，不断变化。到了晚上，阿利克已经很累了，但头脑仍然清醒。

麦卡靠着阿利克坐在简易座椅的把手上，轻轻地碰了碰他的肩。"那里会打起仗来吗？"麦卡轻声问他。

"打仗？我觉得不会。多么不幸的国家。"

麦卡皱起了前额。"形容俄罗斯的词我听闻不少，贫穷、富有、发达、落后，这些都有。但是，不幸？我不明白。"

"你挺聪明的，小T恤，你知道吗？"阿利克既惊讶又满意地看着麦卡，而麦卡也懂他的意思。

大家都坐在这间屋子里，这些出生在俄罗斯的人，虽天赋、教育、品性各有不同，却仅仅因为离开俄罗斯这一个举动而联结在一起。他们大多数都是合法移民，有些人是滞留不归者，最大胆的是越过国境线逃跑过来的。然而，无论他们现在的移民生活过得如何，所持的观点多么迥异，都拥有这样一个共同点：他们都跨越了国境，跨越了这条坎坷的生命线，在新的土地上扯断旧时的根基，代之以新的色彩、新的气味和新的结构。

随着年月流逝，即便是他们的身体也已改换了构成：新世界的分子渐渐渗入他们的血液，取代了源自故土的一切，他们的反应、他们的行为、他们的思考方式都在逐渐转变，但有一样东西却是他们始终需要的，那就是确证自己所做之事正确性的证据。他们在美国面临的问题越复杂、越棘手，这个证明就越是必要。来自莫斯科的消息表明，这些年来，那里愚行渐增、人才匮乏、犯罪严重，这些有意或无意地为他们提供了所需的证据。但谁也没想到，在他们竭力抹去那个遥远国度留下来的印记之后，那儿所发生的事情却还是会令他们感到如此痛苦。这个国家已经深入他们的灵魂与骨髓，以及所有与它相关的、属于他们每个人的、各不相同的思绪——他们与俄罗斯之间的联结牢不可破。这就如同血液之中发生了某些化学反应一样，让他们感到厌恶、痛苦与害怕。

长久以来，俄罗斯只存在于他们的梦境之中。他们都只做同样的一种梦，但梦境却千变万化。阿利克曾把这些多变的梦都收集了起来，记在一本练习本上，取名《一个移民的梦之书》。梦的基本结构如下：他们回到了俄罗斯，发现自己在一栋密闭的大楼里，或是一栋没有门的建筑物里，或是一个垃圾箱里；又或是发生了某件让他们没法再回美国的事情：比如丢了重要的文件，或是银铛入狱；有个犹太人甚至梦见自己已经死去的母亲用绳子把自己给五花大绑了起来。

阿利克的梦则有一些有趣的变化。他在梦中回到了莫斯科，周围的事物都显得明亮而美丽，而老朋友们也在一套宽敞的公寓里庆祝他的归来。这套公寓非常眼熟，但阿利克完全没留意。老朋友们挤作一团，闹闹嚷嚷，十分友好地送阿利克去谢列梅捷沃机场，但完全不像往年令人断肠的送别，那时一切都是永恒的，直至死亡。当阿利克即将登机时，他的老朋友萨沙·诺利科夫突然出现了，将一把牵狗绳塞到他手里。狗绳的末端是一群毛色五彩斑斓的小杂狗，它们围着阿利克又蹦又跳。这些狗有哈士奇血统，尾巴像椒盐卷饼一样蜷曲着。萨沙又消失了，刚才哄哄闹闹的朋友们也离开了，只留下阿利克和一群小狗。阿利克找不到人可以托付小狗，而去纽约的班机已经关闭了检票口。航空公司的官员走过来告诉他，飞机已经起飞了，他就这样和一群狗留在了莫斯科，心想一切都永远如此了。阿利克只是担忧尼娜一个人拿什么去付曼哈顿那套公寓的租金。在梦里，阿利克甚至可以闻到电梯和阁楼的气味，还有劣质烟草那避无可避的臭味……

　　"告诉我，阿利克，那里的生活这么糟糕吗？"麦卡又碰了碰他的肩膀。

　　"傻瓜，我们过得很好。但对我来说，在哪儿生活都很不错。"

这是事实：阿利克住在曼哈顿，就跟他住在莫斯科的特鲁布纳亚街或是利歌芙卡一样，无论是长期居住，还是短暂停留，阿利克都能迅速地把新地方当作自己的家，在大街小巷漫游，搜索城市鲜为人知的角落，找到它们美丽且危险的方面，像是探索新情人的身体一样。

阿利克年轻的时候，一切都以飞快的速度自他身旁掠过。但慢慢地，他变得更加留意周边的事物，也有意识地去记忆，阿利克发现一切都扎根于头脑之中：他可以记起所有曾经住过的房间里墙纸上的图案；他可以记起所到之处当地所有的面包店里的售货员长什么样子；他可以记起住处对面的大楼临街一侧的棱角与线条；他可以记起1969年，从普列谢耶沃湖中用竿子叉上来的狗鱼长着什么样的轮廓；他可以记起在自己度过童年夏日时光的韦里亚，那里的拓荒者营地上方，是一株竖琴形状的松树的断枝。阿利克的记忆力如此清楚生动，以至于整个世界都仿佛在感激他，从而向他敞开了自己的大门。下雨时，阿利克走到潮水上涨的科德角①，一轮微微颤抖的红日穿透重重云层将光芒投射向他。当他从苹果树旁走过时，一个苹果好像

---

① 科德角（Cape Cod），又称鳕鱼角，是位于美国马萨诸塞州南部巴恩斯特布尔（Barnstable）县的钩状半角，处于波士顿与纽约海上交通线中段，也是个忙碌的渔港。

正等待着这一刻，作为礼物掉在了阿利克的脚边。他的生命拥有一种迷人而奇异的特性，这种魅力甚至已经渗透到了技术世界中：每次阿利克打电话的时候，电话从不占线。这渐渐地演变成了一种专门针对他的玩笑：了解个中奥妙的人有时就会故意让阿利克去拨一个通常处于占线状态的号码。阿利克则常常会在拖上好几个小时以后，忽然抓住时机打过去，电话通了。

在美国，他非凡的魅力也得到了友好的回应。纽约城的新奇感令阿利克叹为观止。对他来讲，纽约给他的感觉就是"新鲜"二字最直接的含义：即便是最年长的、盘根错节的老树，看起来也像是用更新、更坚韧的材料做成的。纽约的每一样事物都显得十分结实、坚固、天然。阿利克作为一个来自俄罗斯的人，在三十岁时就已经十分熟悉美国和欧洲。起先是维也纳，还有罗马，这个意大利的甜美之邦，阿利克在这充满魔力的地方几乎生活了一整年。直到他去了美国，并在那里生活了几年以后，他才明白所谓美国对古老欧洲的嫉妒之心。古老的欧洲拥有精妙绝伦的文化，拥有已经相当陈旧，甚至是残破不堪的通透感，同时他也发现，对于日渐强大、生猛粗犷的美国，欧洲虽然表面不屑一顾，实则骨子里十分羡慕。

阿利克留着粗短浓密的姜黄色胡子，那时他还梳着又长又硬实的马尾辫，像法官一样站在这两个世界之间，再没有比他更公正的人选了。他并不是没有偏爱；相反，他会令人难以置信地因为狂热的情感而有所偏颇。他崇拜美国的高速公路；纽约的地铁所承载的各色人流，对阿利克而言是世界上最美丽的风景；美国的街头食物与街头音乐也是如此。但他同时钟爱普罗旺斯地区艾克斯的广场里那些小小的圆形喷泉，它们呈现了法式和意式风格之间的精巧过渡；他喜欢罗马式建筑，无论何时，只要遇到这类建筑的遗迹他就会感到欢喜；他还流连于仿佛镶了金丝般的希腊岛屿的海岸线，它们呈现出枫树或桦树叶片的形状；他钟情于中世纪时期的德国，那时的文化虽一直许诺要通过马尔堡或纽伦堡来呈现自身，却始终未能如愿，因为街上消失的一切只能在令人惊叹的国家博物馆里饱览一番了，德国的艺术成就足以使意大利文艺复兴黯然失色，而且德国的啤酒也十分出色。

阿利克从未感到有支持其中一方的必要，他始终只站在自己的立场上；从这个意义上说，他对这两者的喜爱程度是相同的。

阿利克跟小T恤小声说了会儿话，而此时，如何评价美国与欧洲对他来说也显得并不重要了。他渐渐地变得迟钝，无法再像以前一样条理清晰且令人信服地谈话，这使阿利克感到很悲伤。

麦卡十分认真地听着，说："那你喜欢俄罗斯吗？"

"当然了。"

"那你为什么喜欢它呢？"麦卡仍不死心。

"没有为什么。"他没理麦卡。

麦卡生性易怒；她还没有学会体谅阿利克的病情。"天哪，你就跟那些人一副德行！认真地告诉我，为什么？大家都说那里现在很糟糕。"

阿利克认真地想了想：这个问题太复杂了。"我能告诉你一个秘密吗？"

麦卡点了点头。

"把耳朵凑近些。"

麦卡把耳朵靠向阿利克，近得几乎要堵住他的嘴了。"没人能彻底想明白为什么。最明智的人也只是在掩饰罢了。"他说。

"掩什么？"

"意思是假装。"

"那你呢？你假装吗？"麦卡兴高采烈地说。

"我比谁都掩饰得好。"

伊琳娜嫉妒地朝他们瞥了一眼；他们两人看起来对彼此都颇有好感。

十二

　　这栋楼的房东为人卑鄙。阿利克是他的第一位租客，近二十年来，房东一直把阿利克看作是眼中钉。阿利克搬进来的时候，那个房东才刚刚把房子拿到手，阁楼也才刚刚空出来。纽约的切尔西早先是一片破败的工厂区，阿利克十分喜爱的作家欧·亨利曾对此进行过生动描绘，而现在，这片区域也日渐时尚。一旁则坐落着格林尼治小镇，镇上满是放荡不羁的艺术家觥筹交错的社交生活、麻痹人心的愉悦与快乐，以及令人欢欣鼓舞的俱乐部与夜生活，这样的生活与文化已经逐渐扩散到了周边的地区。过去二十年来，这里的房价已经飙升了至少十倍，但阿利克的租金却仍然固定在每月四百美元，而且通常都会迟交。

　　房东住在纽约一个十分富裕的郊区，把所有的一切都留给了他的管房人，这是一份兼看门人与房屋管理人的带薪工作。这里的"监管人"名叫克劳德。克劳德从这栋楼建成时就在这里工作了。他是个不同寻常的人，祖辈来源十分复杂，有一半血统是法国人。在他向阿利克讲述的故事中，特立尼达岛将会随同一艘海艇浮出水面，而北非的土地上，则发生过许多充满危险的狩猎之旅。故事的大部分可能都是克劳德杜撰出来的，然而，人们常常会想象克劳德的真实生活与他所讲述的故事一样精彩。阿利克会填补其中的空白，告诉每一个人，克劳德打牌时是个作弊老手，曾被关进土耳其监狱，最后借助热气球得以逃脱。

克劳德对于艺术与乐善好施的行为也并非完全不感兴趣；有那么两回，阿利克的处境变得十分艰难时，是克劳德买了他的画，帮阿利克摆脱困境。很少有房屋管理人会去买艺术品的。除此以外，克劳德也十分喜爱尼娜。他会顺道来找尼娜闲聊，尼娜也会为他煮些咖啡，偶尔还摆出牌来玩一个愚蠢的算命游戏。尼娜刚到美国的时候，一个英语单词都不懂，却立即开始学习起法语。尼娜常常就是此般奇怪且愚蠢，但这或许也是克劳德如此喜爱她的原因吧。克劳德自身也有一些古怪之处，比如，他和其他所有人都不同，比起阿利克，他更喜爱尼娜。

克劳德的造访通常是在白天。他发现，在尼娜混乱无序的生活中也存在严格的秩序的成分。尼娜会在下午一点钟左右起床，小声哭泣起来。这时阿利克会给她煮一点咖啡，并将咖啡和一杯冷水一起端进房里去。此时阿利克通常都在工作，所以他很少与尼娜说话。之后，尼娜会慢慢地平静下来，泡上很长时间的澡，往脸上和身上抹一些乳液，那些各式各样的乳液是她一个在莫斯科的朋友寄来的——她不认得那些美国产品——接着把她那闻名遐迩的头发梳了一遍又一遍；尼娜年轻的时候曾在莫斯科一家时尚公司做过几年模特，她也一直对自己生命中这段熠熠生辉的时光念念不忘。

之后，尼娜穿上一件和服样式的黑色晨衣，又把自己关在了卧室里，开始做一些她很喜欢的傻事：或是单人纸牌游戏，或是组装一个巨大的拼图玩具。克劳德通常会在这个时候到访。尼娜在厨房里接待克劳德，跟他一起一小杯接着一小杯地喝咖啡。在一天中的这个时辰，尼娜还不能吃东西或者喝酒，因为她实在是太虚弱了，甚至都没有力气抽烟。要到了晚上，她才能够抽烟，吃点东西，灌入第一杯伏特加。

阿利克通常在晚上七点钟左右收工。如果有钱的话，他和尼娜就会在格林尼治村的一个小饭馆里吃点东西。阿利克最成功的几年是他刚到美国的那段时间；那时还没有太多的俄罗斯艺术家住在纽约，他当时甚至还有一小群粉丝。

尼娜一到美国就对所有与东方有关的东西十分狂热，经常和阿利克一起去各式各样的中式或日式餐馆吃饭。当然，阿利克也知道哪些餐馆才是正宗的。晚上出门之前，尼娜总是会花很长的时间来打扮、化妆。她常常带上那只名叫"卡佳"的猫一起外出。卡佳毛色浅灰，有一双黄色的眼睛，带着完整齐备的文件证明从俄罗斯来到美国。它同样有点精神错乱：哪只正常的猫会有气无力地垂着一只爪子，一连几个小时趴在一个人肩膀上呢？

如果有客人过来的话，阿利克和尼娜就会从楼下的咖啡厅里点一些比萨上来，或是从唐人街他们最喜爱的那家中餐馆里订一些中国食物，那里的老板认识他们，总是会附一份小礼物给尼娜。来访的客人则会带一些啤酒或是伏特加；那时，他们很少痛饮。"是因为天气，"阿利克说过，"在这个国家没有痛饮一说，有的只是酗酒。"

这个说法是正确的：尼娜在美国的第三年就变成了一个酒鬼，尽管她喝得并不算多，而且她的美貌甚至变得更加令人吃惊了。

房东为了处理一些事情，于几天前回到了纽约。因为收到了垃圾罚单，他扣了克劳德部分薪水；阿利克已经拖欠了三个月的租金，因此房东要求他立刻就搬出去。克劳德试图为他这位居住时间最长的住客求情，向房东讲述了阿利克的病情如何如何严重并且不久于人世。

"我要亲自去看看。"房东声称，克劳德别无选择，只能把房东带到了五楼。

房东和克劳德走出电梯的时候是中午十一点钟，屋里的气氛很热烈，压根没人注意到这个长着粉红色麂皮般的脸的、又老又胖的男人。房东原以为屋里会是一派喧闹欢乐的情景，特别是俄罗斯人的闹饮，但事实却大相径庭：一群人都紧密地围在电视机前。房东向四处看了看，他已经有些时候没来这里了。这是一套不错的公寓，装修一下的话，每个月的租金至少能要价3500美元，或许还能到4000美元。

"他是个很好的艺术家，这家伙。"克劳德朝堆在墙边的油画瞥了一眼；阿利克一向不喜欢把自己的画挂起来，这些画作都挡住了路。

房东扫了它们一眼；二十年代的时候，他的一个朋友曾在切尔西区开过一家廉价的寄宿公寓。那家寄宿公寓其实更像是一家供流浪者投宿的廉价旅馆，朋友收留了许多下等社会里的乌合之众，其中就有穷困潦倒的艺术家，也有失业的演员。不知怎的，这地方还熬过了大萧条时期。

出于善心，那位朋友有几次允许穷困艺术家们用画来抵偿租金，还把那些画都挂在了公寓大厅里。许多年后，朋友的收藏已经抵得上许多家寄宿公寓了。但这已经是很久以前的事了；时代变了，现在一便士就能买到两个艺术家。"不，不，这些画我一幅也不要。"房东拿定主意。

尼娜在克劳德刚出现在入口时就看到他了，她踏着优雅却摇晃的步子慢悠悠走了过去，心里还准备了一些法国话要说给他听。但她却没有机会，因为克劳德开口道："房东在这儿办事。"

尼娜出人意料地表现出了对此种情势的理解。她对克劳德耳语了几句后，箭一般飞奔到了利宾面前，捧住他的脑袋，在他耳边急切地低声说道："房东在这里，是管理人带他来的。你绝不能让他靠近阿利克。求你了，我求你了。"

利宾很快就理解了，走向房东，愚蠢地咧开嘴笑着。"我们都有点担心，你知道，莫斯科正发生一场改变。"利宾说话的语气就好像他是某个邻国的首相一样。他一边说着，一边还用肚子将房东和克劳德挤向电梯。两人并未反抗。到了电梯口的时候，利宾收起笑脸，清晰地讲道："我是阿利克的哥哥。对于拖欠租金的事我很抱歉，昨天我已经全部付清了，我保证这样的事以后再也不会发生了。"

现在好了，这个该死的爱尔兰人要开始咆哮了，克劳德这么想着。但房东一个字都没说，只是按下了电梯按钮。

十三

电视机已经开了两天两夜，电话也响了两天两夜，房门时不时地就"嘭"的一声响。阿利克虚弱无力地平躺着，像是一个空空如也的热水瓶；但他的脑子还是十分灵活敏锐，他使每个人都确信他感觉好多了。

这一切就像是一场古典戏剧，三天多以来个中情节缓缓展开。在那段时间里，他们或多或少已经割断的过往，重返生活，令他们感到恐惧。他们一边哭着，一边在苏联白宫外的人群中寻找着自己熟悉的面孔，最终在柳达儿子突然大叫的那一刻收到了回报。"看，那是爸爸！"

屏幕上是一个戴着眼镜、留着胡子的男人，大家都莫名觉得他有点眼熟。这人低着头向镜头走来。

柳达用双手扼住自己的喉咙："是科斯佳！我就知道他会在那儿！"

到了这时，有一点已经非常明显，那就是莫斯科的政变已经失败了。

"我们赢了。"阿利克说道。

"我们"到底指的是谁其实并不清楚，但这个"我们"和二战爆发之后维克托神父在巴黎惊奇地发现的"我们"却是同一个。维克托的祖父曾是一名白军军官，在移民之后做了神父，并开始感受到他与俄罗斯之间强烈的联系，忽然之间，"他们"——他在流亡岁月里对这些人怀有越来越冷漠的感情——就变成了同样的"我们"，这险些使得他在1947年回国时被处死。

利宾与阿利克意见相左，但他并不打算争辩，只是咕哝道："事实上，到底谁赢了还不清楚呢。"

所有人都庆幸内战得以避免，坦克也驶离了城市。

新闻简报仍持续不断：他们把卢比扬卡广场上的捷尔任斯基塑像给推倒了。象征着苏联力量的最为精美的丰碑现在只剩下一个空无一物的基座；这个政党用花岗岩、大理石和钢铁为自己打造的这座不朽的塑像，如今已轰然倒塌，像一场幻觉般消失不见了。

三个面容英俊的年轻人被杀害并埋葬了，像三颗沙粒般被上帝之手从人群中拣了出来，一个俄罗斯人、一个乌克兰人、一个犹太人。人们在其中两个人上方晃着香火，另一个则盖着一块祈祷披肩。成千上万的人聚集在一起，他们在这个国家还从未见过一场这样的葬礼，仿佛所有病态的、腐朽的、邪恶的事物都如同泔水一样被泼掉，如同一桶散发着恶臭的垃圾一样顺着水流漂走了。

此刻坐在这里的人，这些曾经的俄罗斯人，都不约而同地欢呼雀跃着。他们没有像以往一样喝酒庆祝，而是唱起苏联老歌。其中唱得最好的是瓦莲京娜：

　　　围绕我们的全是蓝色与绿色

　　　窗下有夜莺在歌唱……

这片住宅区和这套公寓里并没有任何蓝色和绿色的东西，他们在这里的生活也有着其他细微的差异与节奏，而现在，他们每一个人都回忆起了自己童年的色彩：瓦莲京娜想起了卡卢加的学院路，想起自己曾在两排浅灰色的椴树中奔向有着肥皂蓝的奥卡河；阿利克想起了莫斯科州的蓝色与绿色，春天来临时草木枝叶羞怯而甜美的色彩，以及横贯天空的狭长暮色；法伊卡则记起了故乡的小镇，那里草木稀疏的后花园，笨拙的金色教堂穹顶与鲜绿的树篱彼此相映。

窗外的巴拉圭音乐仍连绵不断，但已经不是萨尔萨舞曲，而是一些狂野而机械的声音，敲打嚎叫着。阿利克对音乐比其他人更为敏感。"看在上帝的面子上，去让他们消停消停吧。"他向利宾请求道。

利宾抓住娜塔莎的手，离开了。

电视屏幕上出现了更多的人群，房间里也挤满了人，在阿利克看来这两者是相互关联的。有时，在一堆十分熟悉的面孔中会闪过一张并不熟悉的面孔。阿利克瞥见一个穿着古怪的白色衣服的小老头，前额系着一根皮带，他看得并不真切。

"尼娜，那个老家伙是谁？"阿利克问道。

尼娜惊了一下，还以为他发现了房东。

"看，那个长着白胡子的小老头。"

尼娜又看了看，但那个老人已消失了。

窗外令人无法忍受的音乐也消失了，孩子们来了，一大群并不友好的奇怪小孩，长着动物一样的面孔。尽管夜已深，但仍然很热。

瓦莲京娜来到阿利克这儿。"你想要什么？"

"给我唱些凉爽的歌。"

瓦莲京娜坐到他身边，将他绵软无力的腿搂抱起来，清晰地轻声唱道：

霜冻啊，霜冻啊，别冻坏了我

别冻坏了我的小马驹，也别冻坏了我……

瓦莲京娜的嗓音听起来十分凉爽，如同一艘慢慢放入水中的玩具船，荡开的"涟漪"慢慢在空气中蔓延开来。阿利克看见自己裹着老旧厚重的褐色毛皮大衣，外面绑的皮带上有他最喜欢的搭扣。他的头上紧紧地戴着一顶仿海狸皮的羊毛帽子，上面还盖有一块白色方巾，他弯腰坐在自己的老雪橇上。阿利克还看到，妈妈穿着一双毛毡靴子走在他前面，蓝色大衣的褶边不停拍打着灰色的毛毡。一条羊毛围巾将他的嘴巴捂得严严实实。围巾潮湿又暖和，他必须用力呼吸，很用力呼吸才行，因为一旦停止呼吸，被风裹挟而来的冰碴就会堵上湿润且温暖的豁口，而围巾也会被冻结，伤到他。

来这里的孩子更多了，也穿着松松软软的毛皮大衣，身上覆着雪。

门被"砰"的一下撞开了，利宾跌跌撞撞地从电梯里走了出来，身后还跟着六个巴拉圭人。他们个子不高，穿着黑色裤子和白色衬衣，不断地击打着响板、敲着鼓。

"尼娜，这些人是谁?"阿利克疑惑地问道。

"是利宾把他们带来的。"

利宾喝得酩酊大醉，走向阿利克。"嗨，看看这些家伙，多棒啊！我带他们来喝一杯。我想如果他们手里有杯酒的话，他们就没法再演奏了，我是对的！他们挺棒的，但一句英语也不会说。有个人能说一点点英语，但其他人甚至连西班牙语都不会多少，他们说瓜拉尼语或者其他的什么。我跟他们一块儿喝了一杯，告诉他们说我有个朋友病得很重，他们就说他们有一些特别的音乐，专门给病人演奏。怎么样？他们很棒吧。"

这些巴拉圭人早已排成了一队。他们的领头人长着一张砖红色的脸，脸上还有一道疤痕，敲着鼓，所有人开始绕圈，跟随节奏摇摆，发出一种半是吸气半是大叫的奇特声音，每走一步都要屈一下他们短短的腿。

屋里的女人们这几周来一直都被这些巴拉圭人发出的喧闹声困扰，现在却都悄无声息地微笑起来。此刻的公寓里，这些声音听起来很不一样，有些令人害怕的严肃气氛，使人联想到其他的一些什么东西，一些无法描述、无可估量的伟大事物，而不是街头音乐。它是心脏跳动，是肺部呼吸，是水的流动，是人体消化时发出的"咕咕"声。天哪，就连他们的乐器也是人体骨骼，骷髅像节日装饰一样挂在他们身上。最终，音乐渐渐地消失了，人们还没来得及趁此空隙互相窃窃私语，这些巴拉圭人又把脸转向了另一边，依旧排成一队，又开始转圈，另一种音乐响起了，带着古老且与死亡相关的讯息。

死亡之舞，阿利克心想。

阿利克忽然就领悟了这支舞蹈的意义：它讲述了一个行将就木的身体的故事，而这些音乐家的舞动，正是即将展开的主题的序曲部分。几星期来，阿利克都对这些单调而阴郁的声音感到非常烦恼，但此刻，这些声音对他来说就像是字母表一样熟悉。然而，音乐戛然而止，言犹未尽。

访客越来越多。在人群中，阿利克看到了自己以前上学时的物理老师尼古拉·瓦西列维奇，他有个响当当的外号叫"橡胶套鞋"。阿利克对那个人在这个年纪移居国外感到既意外又消沉。他现在有多大岁数了？阿利克还看见自己的同学科利卡·扎伊采夫，就是那个倒在车轨上惨死的瘦瘦小小的同学，穿着一件带口袋的滑雪衫，踢着一个软布球；他还把这个球也带来了，真好啊。阿利克还看见了自己的表亲穆夏，那个童年时期就因白血病死去的穆夏，拿着一个还没洗过的饭碗在房间里走来走去，唯一不同的是她已经是个成人了，不再是当年那个小女孩。这些景象在阿利克看来一点也不奇怪，反而符合某种正确的秩序；阿利克甚至有种感觉，像是过去的不公正都得到了纠正和调整。

菲马走了过来，碰了碰阿利克已经冰冷的手。"或许你现在该回屋了，阿利克？"

"好吧。"阿利克同意了。

菲马收拢阿利克轻飘飘的身体，将他抱回了卧室。阿利克的嘴唇呈现出一种蓝色，指甲则是浅蓝色，但他的头发仍然是一成不变的、浓郁的深铜色。

"组织缺氧。"菲马习惯性地在本子上做着笔记。

尼娜从窗台上取了一个瓶子。那些巴拉圭人的领头同时也是他们的翻译，朝瓦莲京娜走去，问她，他能否摸一摸她的头发。他一只手摸着自己像煤炭一样黑亮且粗糙的头发，另一只手则从瓦莲京娜五颜六色的长发中滑过，高兴地笑了起来；两星期前，这些巴拉圭人从他们位于雨林中的村落出发，来到了纽约，还没能接触过这个新世界中所有奇迹般的事物。瓦莲京娜有种奇怪的感觉，像是有人在自己头上放了个小帽子一样，但其中并无令人不悦的事情，这种感觉很快就过去了。

阿里克正挣扎着呼吸。他知道自己必须要尽可能地深呼吸，否则围巾包裹的那些温暖的空隙就会被堵上。阿利克更多地大口猛烈吸气，而少呼气。

"我累了。"他说。

菲马抓过他那如死树上干枯的枝条般的手腕。横膈膜肌肉正在萎缩，肺正在坏死，心脏也是一样。菲马打开自己的医疗箱，认真地想了会儿。他可以给阿利克注射一剂茨酮，刺激阿利克已经筋疲力尽的心脏，让它再运转一会儿；或者也可以注射吗啡，让阿利克在无限愉悦、无知无觉的状态中一去不复返；或者就是让事情顺其自然，不去管它。如果是这样，阿利克活不过一天，最多两天。没人知道他到底还能撑多久。

这个国家痛恨煎熬；从本体论的角度对忍受痛苦予以拒绝，即便煎熬只是暂时的一个小插曲，也必须立即根除干净。这个年轻的、反对煎熬的国家已经发展出了完整的理论体系——哲学的、心理学的以及医学的——致力于解决如何将人从痛苦之中解救出来这一个问题。菲马有着俄罗斯人的思维，在这个问题上难以理解这类美式想法。养育菲马长大的那片国度热衷又看重忍受痛苦这件事，还从中汲取了很多养分：在痛苦之中，人能够成长、进步、变得明智。而菲马的犹太人血统，已经用数千年的时间在痛苦中过滤，并在其内部演化出一种额外的却又十分重要的本质，若是没有这种本质，犹太血统也会随之分崩离析；像菲马这样的人，若是从痛苦之中被解放出来，就仿佛会失去脚下踏着的土地。

但这些对于阿利克都无一适用：菲马不希望自己的朋友在生命的最后时刻还要遭受如此残酷的痛苦。

　　"我们最好还是叫辆救护车来，尼娜。"他说，比他自己所感觉到的还要坚决。

十四

　　十五分钟后，救护车到了。与一个戴着眼镜、身材瘦小、知识分子模样的人一同走下救护车的还有一个年轻而健壮的黑人青年，下巴突出，活像一个篮球运动员。他是医生；另一个则可能是流亡国外的波兰人或捷克人，菲马判断，那个人同样还没能通过美国的医学考试。这个共同点让他感到失望和郁闷，于是他向窗边走去。

　　医生把阿利克身上的床单扯下来扔到了一旁，并在他眼睛前摇了摇手。阿利克没有任何反应。医生又抓起阿利克纤细的手腕，它在医生的大手里就像是一支铅笔。医生说了一句很长的话，谁也没听懂。菲马猜他是在说有关呼吸机和住院治疗的事情，但不清楚他是建议带走阿利克还是在拒收他入院。

　　尼娜一甩头发，用俄语宣布她不会让阿利克去其他任何地方。医生注视着尼娜已经光彩不再的美貌，引人注目的眼睫毛轻轻盖住了眼睛，"我懂了，女士。"

医生把三安瓿剂量的液体都吸进了一个大注射器，找到阿利克瘦得皮包骨头、几乎已不存在的臀部注射了进去。

那个戴着眼镜的男人此时停了笔，在他那如同长了鸟嘴一样的脸上，两道乱蓬蓬、饱经沧桑的眉毛皱了起来，用一种在菲马听来都极为糟糕的口音向医生说道："这位夫人情况不太好，我们最好还是给她打一针镇静剂或其他的什么，鉴于……"

医生摘下了自己的手套，扔进医疗箱里，看也没看助手一眼，轻蔑地咕哝了一句什么话。这使得菲马心神不安；他本该为阿利克做点什么。"我为什么会像一个傻瓜一样坐在这儿？我不要待在这里，我要回去。"他在这么多年的悲惨岁月中第一次产生了这个想法，又忽然之间感到害怕。回去之后，他能成为一个真正的医生吗？他能通过俄罗斯那些该死的医学考试吗？不管如何，在哈尔科夫，谁还会需要他的文凭呢？

百无一用的医疗队刚离开，尼娜就变得非常焦躁。她再一次一个箭步冲向那些瓶子，坐在阿利克的床尾，把油膏倒在自己手心里，涂抹着阿利克的双脚，从脚趾尖到腿，再到臀部。

尼娜不断地从瓶子里倒出一手掌一手掌的油膏。"他们什么也不懂，阿利克，什么也不懂。没人能明白什么，他们没有任何信仰。但我信。上帝啊，我是信的。"尼娜揉擦着阿利克的双腿和胸膛，油点四处飞溅，弄得整张床单都是。"阿利克，阿利克，做点什么吧，说点什么吧。这该死的夜晚，明天你会好点的，一定会的。"

阿利克什么也没说，只是十分吃力地呼吸着，一颤一颤的。

"你躺一会儿吧，尼娜，我给他按摩按摩，好吗？"菲马说，而尼娜竟然十分爽快地同意了，"焦亚还在画室里值班，她想今晚当值照顾阿利克。或许你可以在毯子上睡一会儿，让她坐在这儿？"

"焦亚可以走了，阿利克谁也不需要。"尼娜躺了下来，脸贴着阿利克的脚，横卧在宽大的床上；这张床这么宽阔，阿利克躺在上面就好像完全消失了一般。尼娜对阿利克说："我们要去牙买加，我们要去佛罗里达，我们会雇一辆大车，带上每一个人，瓦莲京娜、利宾，每一个人。我们还要去迪士尼乐园，对吗，阿利克？我们会过得很快乐。我们就住在汽车旅馆里，就像以前一样。他们什么也不懂，这些医生什么也不懂。我们用草药就能把你治好了，这些草药能让你重新站立起来，他们的状况比你还糟呢。"

"这会儿还是睡一下吧，尼娜。"菲马恳求道。

她点了点头："给我拿杯喝的来。"

菲马去给尼娜倒喝的去了。客人们已经离开了。

焦亚正在画室的角落照看着她灰色的"小陀思妥耶夫斯基"，等着被叫去值班。有个留下的客人睡着了，头上盖着一块毯子。柳达终于洗完了玻璃杯，转头看向菲马。"这是最后的痛苦了。"菲马告诉她。

菲马把酒递给尼娜。她喝下之后又蜷缩在了阿利克的脚边，嘴唇嚅动着，不知在说些什么，渐渐睡着了。尼娜似乎仍没有意识到正在发生的事。

明天，更准确地说是今天，菲马需要去工作。之后一天他就能离开了，再过一天他可能就不再被需要了。菲马坐在床上，隆起的、长着蓬乱体毛的双膝分得很开，这是一个乏味笨拙的男人，一个彻头彻尾的失败者。他现在什么也做不了，只能悲伤地坐在这里，一小口一小口地呷着兑了橙汁的伏特加，给阿利克抹湿一下嘴唇——阿利克现在已经无法吞咽了——只是等待着最终时刻。

临近清晨，阿利克的手指开始轻微地颤抖，菲马觉得是时候叫醒尼娜了。菲马碰了碰尼娜的脑袋，她慢慢地从某个遥远之处回过神来：像往常一样，尼娜总是要花很长时间才能搞明白自己又被带回到了哪里。"尼娜，醒醒！"

菲马叫着，尼娜的眼睛渐渐有了生气。

她倚着自己的丈夫，又一次感到十分惊异，在自己睡着的这么短一段时间里，阿利克竟然发生了这么大的变化。他的脸现在看起来就像是一个只有十四岁的少年，稚嫩、明亮且沉静。但他的呼吸十分微弱，几乎听不见。

"阿利克，"尼娜轻抚他的头、他的脖子，"噢，阿利克。"

在过去，阿利克回应之敏捷就像某种神奇的力量。只要尼娜的电话打来，无论天涯海角，阿利克都会迅速接起。他也恰好会在尼娜最为想念和需要他的时候从另一个城镇打去电话。但现在，第一次，尼娜的声音再也无法触及阿利克。

"怎么了，菲马？这是怎么了？"

菲马攥住尼娜瘦削的肩膀。"他快死了，尼娜。"

尼娜知道，这是真的。

她透明澄澈的眼睛渐渐有了光亮。尼娜竭力使自己振作，用一种意料之外的沉着语调对菲马说道："出去一下，暂时不要回到这里。"

菲马什么也没说，走了出去。

十五

柳达站在门口朝里面看，拿不定主意。

"你们都给我出去，都出去！"尼娜的手势威严，甚至有点戏剧化。

焦亚静静地坐在角落里，下巴抵着膝盖，突然说道："但是，尼娜，今晚是我值班。"

"每个人都出去，我说过了！"

焦亚脸一红，好像受到某种冲击，奔向电梯。柳达则心神不定地站在画室中央。那个熟睡的客人头上盖着一块毯子，正在打鼾。

尼娜跑到厨房里，在橱柜深处摸索着，要找一个白瓷汤碗。

有一刻，她忽然想起了买这只瓷碗的时候，那时他们在华盛顿过着极为舒心逍遥的日子。他们在那儿有个朋友，叫斯拉夫卡·克兰，他是一个性情欢乐的低音提琴演奏家，却重新受训，成了一名悲伤的计算机程序员。那会儿他们在亚历山德里亚市的一个小型广场附近的一家小饭馆里吃过早饭，走出饭馆时，街边有一群已经退休的老人正在演奏音乐，虽然难听极了，但到底是不用付钱的音乐啊。斯拉夫卡把他们带到了一个露天集市里。阿利克和尼娜觉得，在如此愉快的一天必须要买一点精美漂亮的东西才行，但他们口袋里只有几美分（他们一直以来都很缺钱），一个头发灰白、手臂干瘪的英俊的黑人男子就把这个白瓷汤碗卖给了他们。这个白瓷汤碗的历史可以一直追溯到波士顿倾茶事件。之后，他们就一直带着这个又大又不方便的物件儿在附近晃悠，因为汤碗实在太大，装不进包里，而斯拉夫卡则自己开车离开了，大概是去见谁，或者是要去为谁送行。

这就是为什么我们要买这个碗，尼娜想着，往碗里倒满了水。

尼娜强打起精神，做出庄重严肃的模样，把碗高高地举到自己脸旁，嘴唇轻轻贴住碗沿，端去了卧室。

她这会儿是真疯了，菲马紧皱眉头，她接下来要干吗？她大概都忘了自己已经把所有人都赶出来了吧。

尼娜小心翼翼地把碗放到了凳子上，从橱柜里取出三支蜡烛点燃，将蜡烛的根部融化，把它们粘在了汤碗的边沿上。这一切完成得迅速且毫不费力；就好像她所需要的一切都会出现去配合她。

尼娜把墙上的纸质圣像画取了下来，露出了笑容，想起了留下这幅画像的那个古怪男人。那人也是无家可归的移民之一，曾在这里和他俩一起待过一段时间。虽说尼娜通常并不关心来这儿的客人，也很少会留意他们，但那一次尼娜却让阿利克去赶走那个奇怪的人。但阿利克仅仅说了一句话："闭嘴，尼娜，我们的生活太优越了。"那人言行古怪，是个疯狂的年轻人。他不洗澡，身上套着像链条一样的东西。他很讨厌美国，来这里的唯一原因就是他曾看到过基督在这里生活的幻象，他是来这里寻找基督的。于是，他就整天在中央公园附近徘徊，寻找基督。后来有人帮了他一把，让他看到了希望的曙光，他便去加州见一个同样在寻找基督的人，那个美国人名叫塞拉菲姆，或塞巴斯蒂安，或者其他的什么，显然，他也很疯狂，而且是个修道士。

尼娜将画像靠着碗放下来，注视着阿利克，思考了一会儿。有些想法困扰着她——他的名字。他的名字还真是个问题：虽然人们一直叫他阿利克，但为了纪念逝去的祖父，他曾经登记的名字是亚伯拉罕。阿利克的父母离婚之前曾为此吵过架，他们争论是谁出的主意，要给小孩起这么一个愚蠢又挑衅的名字；即便阿利克最亲近的几个朋友，也一样不知道他真实的名字是什么，特别是来美国以后，他在各种文件上写下的名字都是"阿利克"。

不管名字是什么，这位命中注定要承受它的人都活不长了。阿利克大口喘着气，时不时抽搐一下。尼娜冲向书架，想找一本教会日历。她胡乱地在一堆书中抽出了正想找的那一卷，翻到8月22日那一天，念道："殉道者福蒂、阿尼基塔、潘菲、卡皮通，以及圣殉道者亚历山大。"一切都对了，名字也对了；所有的一切又开始自行配合着她。尼娜露出了笑容。

"阿利克！"尼娜哭道，"请你不要生气，也不要觉得被冒犯。我要给你做洗礼了。"

尼娜从自己修长的脖子上取下了曾属于她祖母的金质十字架，她祖母是个哥萨克人。玛丽亚·伊格纳季耶夫娜以前教过她要怎么进行洗礼。如果有人奄奄一息，任何基督徒都可以主持洗礼；只要在水中或者沙子上画出一个十字，一个金质十字架，或者用火柴交叉扎成的十字架也行。现在，她只要说一些还能记得的词就可以了。尼娜在胸前画了个十字，将金质十字架浸入水中，用有些嘶哑的声音说道："以圣父、圣子和圣灵之名……"她在水面上画出一个十字符号，浸入一只手，舀起一点水来洒在了丈夫的脸上，"……由我对上帝的仆人阿利克进行洗礼。"

在这最关键的时刻，尼娜没有注意到亚历山大这个真正合适的名字已从她的头脑中飞走了。

尼娜不确定接下来该做些什么。她坐在了阿利克身边，一手拿着金质十字架，一手用洗礼水涂抹着阿利克的脸和胸膛。碗沿上有一支蜡烛燃着燃着弯了腰，仿佛是要违抗物理法，最终又掉到了此刻的神圣容器之中，发出一阵毕剥声后熄灭了。尼娜把金质十字架贴在阿利克的脖子上。"阿利克，阿利克！"她喊道。

阿利克没有任何回应，只是打了一声低沉嘶哑的鼾，又一声不发。

"菲马！"尼娜喊道。

菲马走了进来。

"看看，我做成了。我已经对阿利克做了洗礼。"

菲马维持着他一贯的职业作风。"噢，也行，他的情况再糟糕也不过如此了。"

尼娜先前那种不可思议的确定感突然间离她而去。她把凳子重新放回房间角落，在阿利克身边躺下，急促而含混地说了几句话，菲马什么也没听懂。

门轻轻地打开了，那条叫吉卜林的小狗走了进来。过去三天吉卜林一直十分耐心地躺在门旁，等着主人回来。吉卜林把自己的头放在了床上。我应该把它带出去，菲马想；我得去上班了。焦亚愤愤不平地离开了。柳达也在夜里走了。菲马叫醒了那个在角落里熟睡的男人，本以为会是利宾，但其实是什穆埃尔，不过也是，什穆埃尔也不急着要去哪里；他已经在美国度过了整整十年靠领救济金过活的日子。菲马匆匆忙忙地向什穆埃尔解释了一遍突发紧急事件时的处理程序，并留下了自己工作处的电话号码。现在，他要带吉卜林出去了，那小狗一直在门口摇晃着尾巴，耐心等待着。之后，他就必须得去上班了。

十六

给阿利克做完洗礼的第二天，尼娜并没有离开卧室。她就躺在那里，抱着阿利克的腿，不让人们进入卧室。"轻点儿，轻点儿，他在睡觉呢。"一有人靠近卧室门，她就会这么说。

阿利克处于一种昏昏沉沉的状态，偶尔会喘口气。对于周围正在发生着的一切，阿利克其实都能够听见，但却好像隔了很远很远。他很想告诉周围的人，一切都很好，不必担心；但嘴边的围巾却越缠越紧，他没法取走围巾来说话。

与此同时，另一种新的感觉使他震惊不已。他觉得自己就像一片云朵一样轻盈而虚幻，就像是在一部黑白影片里行走；只不过这部影片实在是太陈旧和粗糙了，黑不是纯黑，白也不是纯白，一切都由灰色的阴影组合而成。但这并没有什么不好。这样走动是他这几个月以来梦寐以求的，他感到十分欣喜，甚至有点像嗑了药。在黯淡无光的马路的边缘，他瞥见了一些熟悉的影子，有的呈现出僵硬的轮廓，有的则是人体的形状。他又一次看到了自己以前的老师尼古拉·瓦西列维奇，就是那个"橡胶套鞋"。看到这个老师的时候，阿利克感到心满意足，他是个拥有冷静且严谨思维的数学家，这恰恰证明现在所发生着的一切都是真实存在的，阿利克之前还担心这会是一场梦，或是一个幻象，现在他就能从那种虚无缥缈的担忧之中解脱出来了。尼古拉·瓦西列维奇显然认出了阿利克，做了一个表示欢迎的手势，阿利克看见他正在向自己走来。

尼娜又在叮叮当当地敲着瓶子，但这回发出的声音却令人愉悦且富有乐感。尼娜把最后一点苦味草药浸液倒到了手上，小声私语着什么，但这并没有打扰到阿利克。"橡胶套鞋"这会儿已经走到了他身旁，无声地咂着嘴，就像以前在学校的时候一样；阿利克都已经忘了他还有这个习惯，这会儿重新记起来的时候，心里荡漾起一股温情。这一切都太真实了：不，这不是一个梦，这就是正在发生的事情。

中午的时候来了一个水暖工，要装新空调，他是一个漫不经心的黑白混血儿，脖子上还挂着一条链子，陪同他的是一个面带病容的年轻助理（阿利克的一个朋友付了钱）。尼娜让他们进了卧室。他们手脚麻利，并没怎么留意阿利克，房间里的酷热就此变成了飘扬着灰尘的凉爽。很快，瓦莲京娜来了。尼娜是不会让她走进卧室的，所以瓦莲京娜就坐在了画室里，陪着身旁满是泪痕的焦亚。

麦卡枕着毛毯躺在房间角落里一块脏兮兮的白地毯上，在读英文版的《西藏生死书》。她梦想能够读懂这本书的原版。从昨天开始，麦卡就为自己没有生为男儿身而感到很遗憾，因为这样她就没法去西藏的寺院了，甚至在那天早晨，她还问妈妈自己能不能去做一个手术，把胸部变小一些，这样她就离自己梦寐以求的佛教僧侣生活更近一步了。

尼娜塞了些枕头到阿利克的背下，把他在床上抬高一些，这样，阿利克就几乎是坐在那里了。她不停地涂湿阿利克已经干裂、暗淡的双唇，企图用吸管送一点水进去，但又从嘴角处漏了出来。

"阿利克，阿利克！"尼娜叫着，抚摸他，又捶打他。她把自己的嘴唇贴在他的髂嵴处，用舌头舔过肚脐，画出一条把人体一分为二的线。阿利克的气味十分奇怪，皮肤尝起来带点苦；到此刻为止，她把阿利克泡在这种苦味草药里已经整整两个月了。

她把自己的脸埋进了阿利克蜷曲的红色阴毛中；他的

毛发没变，她想着。

尼娜终于不再搅扰阿利克了，但突然间，阿利克用非常清晰的声音说道："尼娜，我现在真的好多了。"

晚上八点的时候，菲马下班回来了，看到一个奇怪的景象：尼娜坐在自己的黑色和服上，全身赤裸地面对着阿利克，用其中一个瓶子里厚厚的药渣擦拭着自己美丽纤细的胳膊，说着："看，这多有用，这是多好的草药啊。"

像做梦似的，尼娜抬起自己忽闪忽闪的眼睛，看向菲马，严肃地说："阿利克告诉我他现在好多了。"

他死了，菲马想。他摸了摸阿利克的手；空空的，脉搏已然消失。

菲马走出房间，从一个带把手的大瓶子里给自己倒了半杯廉价的伏特加，一口吞了下去，走向画室的另一头，又走回来。每天这个时候，这里的人不多，他们一般都会晚点到。没人看向菲马。瓦莲京娜和利宾在玩阿利克的西洋双陆棋。焦亚正按尼娜以前教过她的方法摆塔罗牌，试图给自己已经很明白且孤独的生活再理出点头绪来。法伊卡正就着蛋黄酱吃煎蛋；她无论吃什么都要放点蛋黄酱。来自莫斯科的柳达早已洗完了所有的餐具，正和儿子一起坐在电视机面前等待着从家乡传来的消息。

"阿廖沙，关掉那个，阿利克死了。"菲马悄声对年轻人说道，但太小声了以至于没人听见他说话。"嘿，阿利克死了。"他又重复了一遍，还是很小声。

电梯门当当打开了，伊琳娜走了进来。

"阿利克死了。"菲马告诉伊琳娜，大家最终都听到了。

"已经死了?"瓦莲京娜立时陷入了巨大的悲伤和痛苦，因为阿利克曾答应她会永远活下去，但现在却过早离世，打破了这个诺言。

"噢，该死的!"麦卡说，把书扔到一边，奔向电梯，几乎要把她妈妈给撞倒了。

伊琳娜揉着肩膀，靠着门站着。可能我得去俄罗斯一星期，她想道。我要去看望一下卡赞采夫一家，还有吉斯娅（吉斯娅是阿利克的姐姐）。她现在一定是个老妇人了，她比阿利克要大十四岁呢。她一直都很喜欢我。

焦亚放下牌，哭了起来。

不知为什么，每个人都开始穿上衣服。瓦莲京娜把头套进自己的那条印度长裙。柳达找到了自己的凉鞋。所有人都向卧室走去。菲马拦住了他们。"等下，尼娜现在还不知道呢，我们必须得告诉她。"

"你去告诉她。"利宾请求道。利宾和菲马已经有三年没有互相说过话了，但现在他甚至都没察觉自己在开口请求菲马。

菲马打开了卧室门；一切都还是原来的模样。阿利克躺着，橘红色的床单一直盖到了他的下巴，尼娜坐在地板上，揉搓着自己瘦窄脚板上的修长脚趾，一遍又一遍地重复着："这些草药可好了，阿利克，有无穷无尽的力量。"

吉卜林也在房间里，把自己的前爪连同那张满是悲伤却十分聪明的脸一起搁在床上。

人以为狗很害怕死人，这是多么愚蠢可笑的想法啊，菲马想着。

他把尼娜从地板上拉了起来，将地上湿透了的和服捡起来盖在她肩膀上。尼娜并未抗拒。

"他死了。"菲马又一次说道，他觉得自己好像已经在这个阿利克不在的新世间生活了很久似的。

尼娜看着菲马，眼神警惕而澄澈，笑了起来；她的面容疲惫但狡黠。"阿利克好多了，你知道吗？"

菲马把尼娜领出了卧室。瓦莲京娜早已备好一杯给尼娜的酒。她喝下之后，对着空无处露出了一个饱经沧桑的笑容："你知道吗，阿利克好多啦！他亲口告诉我的！"

焦亚发出了一个像是笑声的声音，捂着嘴奔向厨房。楼下，有人按响了对讲机。尼娜坐在扶手椅里，脸上显出明朗且心不在焉的神情，用取食签搅动着杯子里的冰块。

奥费利娅①一定也是这个样子。尼娜的自我防御，简直就像是一个技巧精湛的拳击手一样，使她拒绝知道任何事情。一切都挺好的。阿利克离不开她；她一直都生活在现实之外，而阿利克则为她掩盖她的癫狂。

这种癫狂之中还是有条理的，伊琳娜想。她在这儿再没什么事可做了；她必须毫不犹疑地离开这里。

她坐电梯下了楼。麦卡并没有在门边等着她。她的女儿已经独自一人离开了。

伊琳娜左闪右避地穿过拥堵不前的车流，走进了街对面的咖啡厅。

"威士忌?"机灵的黑人男侍问道，给她倒了一杯。

当然了，他也是阿利克的朋友，伊琳娜想。她用手指向对面的房子，说："他死了。"

男侍立刻就明白了伊琳娜说的是谁。他抬起戴着银戒指和银手镯的双手，皱起那张牙买加人的脸。"噢，上帝啊，你为什么要带走我们中最好的那个人呢?"他说道。

男侍从一个粗瓶子里匆匆倒出点东西来，一饮而尽，对伊琳娜说："听我说，姑娘，尼娜怎么样了? 我想给她点钱。"

---

① 莎士比亚悲剧《哈姆雷特》中的人物。

已经很久很久没有人把伊琳娜称作"姑娘"了。伊琳娜忽然之间明白了，这就好像阿利克从来没有移居国外一样。他已经在自己周围建立起了一个他的俄罗斯，一个并未存在很久、可能永远也不会存在很久的俄罗斯。他逍遥自在，又不负责任，这里的人们都不像他这样生活，无论哪儿的人们都不像他这样生活，真是该死。应该怎么定义这种连她的女儿都为之着迷的魅力呢？阿利克并没有为谁做过很特别的事情，但大家却都愿意去为他赴汤蹈火。不，她不懂，她不懂这些。

　　伊琳娜走向咖啡厅后面的公用电话亭，插入卡片，拨了一个很长的号码。在哈里斯的家里，机器接了电话；而在办公室，那个总是让伊琳娜联想到猴子的老秘书告诉她哈里斯这会儿很忙。"帮我接通电话。"伊琳娜说，报了自己的名字。

　　哈里斯立刻就接起了电话。

　　"我这周末有空。"她说道。

　　"到机场的时候给我打电话，我去接你。"哈里斯的语气冷淡，但伊琳娜听得出来他很开心。

　　哈里斯那干燥、红润的脸庞和整洁的胡须，他头上那明镜似的秃斑，还有沙发、酒杯、一小片柠檬、十一分钟的做爱——你可以在手表上进行计时——而当她把头靠在哈里斯那宽阔多毛的胸膛上时，一种绝对的安全感油然而生。这都是很严肃的事情，而且必须要有一个合乎逻辑的结论……

十七

　　过去是抹不掉的。那么，为什么有人无论如何都想要抹掉过去呢？

　　伊琳娜完成了在波士顿的最后一场表演，没有回旅馆，直接出发去机场。她给自己买了一张机票，两小时后，就到了纽约。这一年是1975年。付完机票钱后她身上还剩下40美元，是她藏在裤兜里从俄罗斯带来的。这40美元可真是个好东西，因为剧团没有拿到任何现金；他们曾被许诺在最后一天获得一笔钱用于购物，但伊琳娜没法再等了。

　　坐在飞机里的时候，她看了看手表，想象着明早可能爆出的流言蜚语。今晚，那些汗流浃背的管理人就会冲进肮脏邋遢的寄宿公寓，猛敲一扇扇房门，盘问里面的人最后一次见到伊琳娜是什么时候。他们一定会破口大骂，挑起事端，人事部经理毫无疑问会砸了饭碗。伊琳娜已经退休了的父亲会试着规避责任，与剧团的人做交易；但伊琳娜的母亲则是个明智的人，发生这样的事她一定会感到高兴。我明天要给她打个电话，伊琳娜想着；我要告诉她所有事都进行得十分顺利，她完全没有必要去担心什么。

到了纽约之后，伊琳娜打了一个电话给佩雷拉。佩雷拉是马戏团的经理，曾承诺过会帮助伊琳娜。但佩雷拉并不在，他可能已经离开这儿了，却忘了告诉伊琳娜。伊琳娜知道的另一个号码是雷的，那个扮演小丑的男人，他们于三年前在布拉格举行的一个马戏节上相识。雷在家。伊琳娜有些费劲地向雷解释自己是谁。她的名字对于雷来说显然没有什么特殊意义，但雷还是把她邀请到了自己家中。

伊琳娜到纽约的第一晚就这么在恍惚中度过了。雷住在格林尼治村一套狭小的公寓里，同住的还有他的一个朋友，就是伊琳娜刚到时给她开门的年轻人，举止优雅，身上穿着一条女式游泳衣。事实证明，他们都是非常不错的年轻人，尽其所能地帮了伊琳娜。之后，雷承认自己没有多余的钱可以给伊琳娜了，甚至不确定他到底去没去过布拉格。

布坦——伊琳娜不清楚这到底是不是雷那位室友的姓，或者是名，又或是昵称——已经在美国非法滞留有五年之久了，因此，伊琳娜的这些疯狂举动在他们看来并没有那么疯狂。雷和布坦那时没有工作也没有钱，不知怎么去付公寓的租金。第二天早晨，他们用伊琳娜的钱付了租金，随后三人出发去了中央公园，给夏季游客表演节目。对于雷和布坦来说，伊琳娜给他们带来了好运。接下来几天，伊琳娜在垫子上扭动身体，五个她自己缝制的布艺木偶分别挂在手上、脚上和头上，三人的收入变得愈加可观。伊琳娜审慎地睡在雷隔壁房间的三个沙发垫上，这样就不会打扰到雷的性自由了。但过了没多久，布坦就开始接近伊琳娜，雷心生嫉妒。有那么一段时间，他们三人间的平衡几近崩溃。伊琳娜仍旧和他们一同外出工作，但她已经意识到，自己要在这里生活必须另想法子。雷和布坦都是非常好的男孩，他们使伊琳娜得以卸去自己往昔的外壳，以崭新的面貌继续生活：仿佛在美国，半数都是像伊琳娜这样的人。

八月的某一天，在中央公园的小动物园入口旁，伊琳娜完成了自己的单人表演，突然发现自己跌入了阿利克的怀抱。在刚才那二十分钟里，阿利克一直在观赏伊琳娜用自己关节柔软的肢体进行欢快的表演。

半小时后，伊琳娜和阿利克一起坐在他的阁楼里。那时候，阁楼还没有划分成两个独立的隔间。阿利克已经在美国生活了两年，工作十分努力，靠卖画过着体面的生活。

他快乐又独立，移民生活显然很适合阿利克。他看着这只长着一张冲动的人的面孔、行动敏捷的"小动物"，意识到自己在生命中错失了什么。

自他们在莫斯科分别已有七年，整整七年浪费了，他们必须尽可能地用手势、用言语、用感觉进行弥补。一天二十四个小时对他们来说完全不够；所有的一切如同玻璃一样透明澄澈，他们几乎都感觉不到自己还脚踩着大地。

一天晚上他们回家的时候，看到某个富人家门口扔着一张白色的大毯子。阿利克和伊琳娜合力将毯子给拖回了公寓；平日里，伊琳娜会在毯子上摆出她惯常的莲花座姿势，手持一本英语课本学习语法，而阿利克会不停地画他的石榴。阁楼里堆满了阿利克画的石榴：粉红色的、深红色的、棕褐色的，湿软的、腐烂的，或是已经干瘪枯萎了的石榴干果，如烈火般燃烧的果汁已经被吸干了。

阿利克在这一时期画的石榴或单个，或成对，或是成组，用了不同的延长线和透视法来画。在这些简单的变化中，阿利克似乎在揭示出全新的、已知数列中——比如七和八之间——尚未被发现的数字。

伊琳娜在阿利克的公寓里待了八十八天。他们一起吃饭、聊天、做爱、冲热水澡——那年夏天也非常炎热，连水管都被阳光烤得发烫——一切都是快乐，或者更确切地说是快乐的开始，因为光是想象一下这一切会结束，都会令人觉得不可思议。斯科特·乔普林①的音乐尽情泼洒向夜空。

伊琳娜的嘴唇变得肿胀柔软：她立刻意识到自己是怀孕了，她整个人从头到脚都充盈着一种崭新的肉体的愉悦。阿利克并不知情；如果他知道了，可能所做的选择会不同。实际上，阿利克在等待尼娜的到来。在离开俄罗斯之前，阿利克已经跟尼娜离婚了，但他并不确定这到底是真离婚还是开玩笑。尼娜的父亲只要还有一口气在，就绝不会允许尼娜离开俄罗斯一步，因此阿利克就独自来了美国。阿利克的离开把尼娜推向了沉默疯狂的边缘，她想要自杀（那已经是她第二次想要自杀了）。她坐在医院里，一个接一个地打着电话，终于遇到了一个假冒的美国人，他说要和尼娜结婚；婚后，尼娜申请要和他一起在美国永久定居；处理这类文件通常都要花费数年东奔西跑。

一天夜里，伊琳娜和阿利克一起坐在阁楼里。阿利克操起一把刀，正将一个又大又红的西瓜切成两半。西瓜裂开的时候，电话响了。是尼娜，她大声宣布自己已经获准

① 斯科特·乔普林（1868—1917），美国黑人作曲家、钢琴家，以"拉格泰姆"作品闻名，并以此风格创作了诸多短小乐曲和一些歌剧，节奏灵动、自由欢快。

离开俄罗斯，并且买好了来美国的机票。

"好吧，现在我也不知道该怎么才能从中脱身了。"阿利克说道，放下了电话。

对于伊琳娜来说，整件事情就是一场来去匆匆、彻头彻尾的意外。

"没了我，她活不下去，她太柔弱了。"阿利克解释道。

而伊琳娜呢，她很强大。她不是双手倒立走在屋顶边缘吗？她不害怕老板，也不害怕高官。阿利克提议为伊琳娜租一间房子，并与他的几个朋友一起住在斯塔腾岛区①，在此期间，他会想办法让自己从这混乱的局面中解脱出来。阿利克并未考虑到伊琳娜的自尊心，他们分开的这些年来，她的骄傲有增无减。尼娜到达的前一周，当阿利克的朋友已安排好一切时，伊琳娜离开了阿利克的公寓；在她看来，这一次是永别了。

---

① 斯塔腾岛区，美国纽约市行政区名，旧称里士满区，由斯塔腾岛等组成。

十八

伊琳娜走出咖啡厅，站在街边，不知接下来该干些什么；她必须要回家了，麦卡可能早就等在那里了。

这时，一辆顶上装着空调的厢式货车开到阿利克住的那栋楼门口，停在一个写着"任何时间不许停车"的标牌下。两个穿制服的年轻人从车里跳了出来，跟着的第三个人，长得活像秃了头的查理·卓别林，提着个箱子扭扭捏捏地在后头小步走着。

"运尸工，"伊琳娜想道，"我要回家了。"

菲马出来见这些殡仪员。这儿还需要一些管理员。菲马朝瓦莲京娜点了点头："让尼娜待在画室里别出来。"

但尼娜哪儿也不打算去；她就坐在那把老旧的扶手椅上，莫名其妙地嘟囔着什么，隐约提到了草药、阿利克的性格和上帝的意愿。

　　菲马同那两个年轻健壮的男人，以及他们瘦弱的老板一起关了门待在卧室里；阿利克没法好好取笑一通这个滑稽的三人组，真是让人遗憾，菲马想道。

　　这个三人组正在急匆匆地进行着葬礼的准备工作，两个年轻人从箱子里拉出了一个巨大的黑色塑料袋，就像那种每天早晨排列在大街两边的垃圾袋；两人三下五除二，阿利克就顺利地滑进了塑料袋里，就像是往购物袋里装商品一样。"查理·卓别林"站在一旁，看着他们。

　　"停，等下，"菲马说，"我不想让他妻子看见。"

　　菲马走进画室，将尼娜从椅子里拎了起来，去了厨房。尼娜并未反抗。菲马温柔地抱着她靠在他身上，将他还没刮过胡须的脸颊在尼娜修长的脖颈上来回摩挲，甚至都划出了一些细小的皱纹，他说："小兔子，我去给你拿点什么呢？要不我出去弄点草回来？"

　　"不，我不想抽烟，我想再喝杯酒。"

　　菲马抓过尼娜的手腕，握了好一会儿。

　　"你想让我给你打一针吗？小小的一针，会很愉快的。"菲马站在那里，用宽大的肩背挡住厨房的门，试着调出最合适的鸡尾酒把尼娜灌醉，暂时切断她和外部世界之间的联系。就在此时，殡仪员把那个黑色大塑料袋搬了出去，就像是运垃圾一样。

伊琳娜早已在去往地铁站的路上。运尸工们将厢式货车的防护罩打开，将黑袋子塞了进去。

菲马给尼娜注射了一针，很快，她就闭上了眼睛，一觉睡到大天亮，身上还盖着从她丈夫身上揭下来的那条橘红色床单。尼娜一次也未曾问过阿利克在哪，这很奇怪；她只是在入睡前偶尔温柔地笑起来，说道："你们总是不听信我，我告诉过你们，他好多了。"

来的人越来越多。有些人还不知道阿利克已经死了，只是顺道过来拜访。许多阿利克的朋友也到了，其中有几个人并不属于纽约市俄罗斯人—犹太人社群。有一个来自罗马的意大利歌手也是阿利克的朋友，还有街对面咖啡厅的老板，像他说的那样给尼娜带来了一张支票。利宾遵循俄罗斯传统，收下了钱。除此之外，还来了一些从莫斯科远道而来的人，其中一人带来了一封写给阿利克的信，还有一人自称是阿利克的旧友。还来了一些流浪者，谁也不认识他们。电话铃不断地响着，有从巴黎打来的，也有从雅罗斯拉夫尔①打来的。

维克托神父听说阿利克已做过临终洗礼后，对着空中

---

① 雅罗斯拉夫尔，俄罗斯行政区，位于伏尔加河上游，莫斯科东北方向。

画了个手势，摇了摇头说道，一切都是上帝的旨意啊。一位可敬的东正教信仰者还能说什么呢？

那天早晨，也就是葬礼的前一天，维克托神父用自己老旧的汽车载着尼娜去了空敞的教堂——那一天并没有什么礼拜和仪式——在逝者缺席的情况下为阿利克主持了葬礼，而那逝者实际上也正是在神父缺席的情况下受洗的。

神父用低沉而洪亮的声音将所有最美好的词句都吟诵了一遍，阿利克的逝去虽在意料之中，但实为悲伤之事，这些词句都是为他特别准备的。尼娜天使般的美貌此刻正闪闪发光。瓦莲京娜持着一支蜡烛站在尼娜身后，穹顶的窗户投射下一道灰尘弥漫的阳光，正好照在瓦莲京娜身上。她此刻正在请求上帝宽恕她曾爱上这个有妇之夫。

神父声音的最后回响渐渐消逝在了充满灰尘的空气之中，瓦莲京娜从他手里接过一个方形布袋，里面装着一些泥土、一块印有经文的白色缎带，以及一个准备放入棺椁的小圣像复制品。瓦莲京娜抓过尼娜颤抖着的胳膊，将她塞入一辆出租车内。当尼娜坐进那辆破旧的黄色汽车时，微微地斜着她那娇小的脑袋，仿佛这是辆载她前往白金汉宫参加接待会的劳斯莱斯。这只小鸟从此就落在了我的头上，瓦莲京娜叹息道。天哪，我真的讨厌了她那么多年吗？

十九

　　罗宾斯殡仪馆的主人们——先前的罗比诺维奇家族——打破了传统犹太葬礼僵化死板的习俗，使之更富有包容性，更加人性化，从商业角度而言也更为合理公道。过去五十年来，犹太人丧葬协会已经简化成区区一家殡仪馆，它有四间各自独立的大厅，可以分别举行着来自不同信仰的奇异仪式。就像上个星期，罗宾斯先生就在其中一间大厅里当着逝者的面立起了一面屏幕，因为逝者本人曾要求在葬礼开始前向前来吊唁的亲朋好友放映一部时长三个小时的影片，影像记录着他生前的舞台表演（他曾是一名踢踏舞舞者）。

　　相较之下，阿利克的葬礼方案就简单多了：没有宗教仪式，也没有预订墓碑——尽管罗宾斯同时开着一间相当不错的花岗岩作坊。然而，前来参加哀悼的人一起花钱在价钱更贵的犹太区墓地为阿利克买了一块墓地。那是一小块令人伤心的土地，正靠着墙，也没有路可以走过去。

葬礼安排在下午三点钟。那一天，从早上十点到下午三点，殡仪馆大厅的休息室里都挤满了人。如今这位罗宾斯先生，作为这项繁荣兴盛的家族产业的第四任继承者，还从未经历过经济衰退；他是个长相英俊的老先生，有一副地中海东部地区的人特有的外貌。他对眼前的一切感到非常好奇。罗宾斯先生相信，从参加葬礼的吊唁者身上可以知悉关于逝者的一切，他觉得这种心理游戏是他这份职业最吸引人的特点之一。但这一次，他却很难确定逝者的财产状况，甚至都不清楚他的国籍。不过，他家里人这么想把他葬在墓地的犹太区，这样看来，财产也好，国籍也罢，倒也一清二楚了。

人群中混杂着几个黑人，这在犹太葬礼上是很少见的；从他们的穿着打扮上看，那些黑人是搞艺术的。其中一位老人看着面熟，罗宾斯先生模模糊糊地想起这是一位颇负盛名的萨克斯管演奏家；虽然说不出他的名字，但罗宾斯先生常常在电视上或是杂志里看到老人的面孔。在场的还有一群来自南美洲的印第安人。来宾中的白种人也同样鱼龙混杂：有看上去相当体面的犹太人夫妇，一些极好的讲英语的人，他们显然是富有的画廊老板；还有许多俄罗斯人，有受人尊敬的公民，也有彻头彻尾的恶棍坏蛋，而且明显醉醺醺的。罗宾斯作为第四代美国人，他的根在俄罗斯，但在很久以前，他就不再说俄语了，也斩断了与这个危险的国家及其疯狂的子民间的浪漫情结。

一个最不同寻常的客户，罗宾斯先生想道，一定是个音乐家；罗宾斯甚至还绕道穿过殡仪馆去看他。

三点整，尼娜出现在了大楼门口，一旁陪同的是菲马。所有人都深吸了一口气，又吐了出来。尼娜那一头有名的金银交错的头发披散在两边，她头上戴着一顶垂着宽大面纱的黑色丝绸帽子。她里面穿了一条黑色短裙，外面披着一件黑色半透明薄棉麻及踝长外套，脚上蹬着一双七十年代样式的粗跟厚底大鞋。

画廊的老板兴奋地小声赞叹着。"这简直就是史上最好的服装设计。"一个对另一个悄声耳语道，"美丽绝伦啊。阿利克的品味总是惊人的好。如果他转行去搞时尚，那我们就能有一个天才设计师了，而不是一个比上不足比下有余的艺术家。"

"她是个特别好的模特，"有人赞同地说道，"我三年前就注意到她了。"

"她现在也老啦。"另一个人颇伤感地讲道。

菲马穿着一件浅蓝色的衬衫，两侧的胳肢窝下是对称的汗印。他光脚穿了一双凉鞋。菲马领着尼娜走了进来，心中既怜悯这个身无分文的女人，又厌恶自己所必须扮演的角色，这两种感觉相差太大，菲马的心中因此甚是矛盾。他其实一点也不喜欢去做业余戏剧演员，但过去两天里，为了给阿利克的葬礼筹钱，他不得不强压住自己的厌恶。

尼娜一步一步地向前走着，那架势就像是殉妻，仿佛一个印度寡妇一样，即将爬到葬礼中堆得高高的柴火堆上去为死去的丈夫陪葬。自阿利克死后，尼娜就只记得两件事：一件是阿利克已经好多了，一件是他已经死了。这两个概念在正常人的意识中本不可能共存，但在尼娜那立在修长脖子上的、长着璀璨长发的小脑袋里，所有的一切都像万花筒玻璃屏幕后的图案一样，已经重新排列，调整成了一种令人愉悦的新秩序。这两个概念彼此分离，互不打搅。

"死亡""他已经死了"和"葬礼"，这些言语不断在尼娜耳边回响着，但都没能刺破那层看不见的屏幕；在尼娜脑中已经形成的新图案中，并没有这些言语的位置。

他们为什么要把她带到这儿来？一定是跟阿利克有关系。阿利克喜欢她打扮得漂漂亮亮的，她就十分仔细地把自己打扮了一遍；现在这一身为阿利克而穿的衣服，她可是花了很多心思的。

尼娜在人群中一步一步走着，没有认出任何人来。她左手在胸前抓着一个就像三层的硬面包圈一样的黑色漆皮小钱包；右手握着百合花束粗壮的花茎，那些花朵贴在尼娜半透明的大衣褶边，骄傲地显示着自己白绿相间的头颅。

人群在尼娜面前散开，大厅的大门打开了。尼娜并没有放慢脚步，继续走着。大家跟在她身后，形成了一个渐渐变大的三角形。此时的大厅容纳着远比平时更多的人，而且大多数人都带来了鲜花。

大厅的尽头立着灵柩台，顶上是一个打开的大盒子，形状像是古龙水瓶。箱子里躺着一个已制成的木偶，模样栩栩如生，看起来像是一个长着红色头发的少年，小小的脸、小小的胡子。

当尼娜步态轻盈地走过时，有一个像是电视台新闻播报员的、上了年纪的男人正准备开口。显然，那人因被有着惊人美貌的尼娜抢了风头感到非常不悦，往后退了一步。

尼娜撩起面纱，俯向棺椁，注视着那个雕工粗陋、不知是用什么劣质材料制成的木偶，露出一个淡淡的笑容，因为她认出来了这是谁：这是用来代替阿利克的，尼娜得出结论。

她抬起头，站在她身旁的画廊老板注意到，有一条黑线从尼娜的发缝中仔细地画下来，一直画到脸上，穿过脖颈，消失在了她的低胸裙里。

"多美啊!"有人低声惊叹。

"女士们,先生们!"那个电视台新闻播报员拉长了声调开口道。

这是大洋彼岸由一位穿着黑色劣质克林普伦①服装的胖女士在火化炉边所重复宣读的、墓地例行程序的、逐字逐句的译本。

棺椁通常都由服务人员用灵车运往墓地。但阿利克的那片公墓实在是太拥挤了,他们不得不用手抬过去,所过之处不得不踩在别人的墓上。小路在距墓地三十米左右的地方突然断了,只留下了约一个脚印宽的一条泥路。抬着棺椁的人继续向前走着,形成了一条队伍,通往那块挖掘而成的墓地;白色的灵柩在人们手中交相传递,仿佛独木舟一般在人们的头顶危险地前后摇晃着,通往最后的栖身之处。

尼娜站在不知是谁的墓碑基座旁,旁边是新挖的深坑,泥土都整齐地堆在粉色的篮子里。八月骄阳似火,此时却从海上吹来一阵微风,拉扯着尼娜衣服上的黑色薄麻布,吹皱了她帆布一般已经有些褪色的珍贵长发。

伊琳娜站在人群中央。她在很久以前就和阿利克说过

---

① 克林普伦(Crimplene),一种不易起皱的布料。

再见了。此刻有别的东西正在撕拽着她：她已经为自己的孩子找到了父亲。但事实上她并没有为此出过多少力，他们是自己找到彼此的。她只不过需要花点钱——相当多再也要不回来了的钱。她在这块墓地上也同样花了点钱。但她的女儿曾有一个她深爱的父亲，而这就是他的墓地。伊琳娜咧嘴笑了：她早已原谅了阿利克的一切，但她并没有忘记。她记得自己是在贫民医院里生下女儿的，那时阿利克或许正在和尼娜做爱，又或是正和站在自己身后半步的、那头叫作瓦莲京娜的小母牛交欢。伊琳娜永远都没法知道瓦莲京娜到底是一个阴险狡诈的婊子，还是仅仅是一个不错的性伙伴。我变得好恶毒啊，伊琳娜想道。阿利克，阿利克，一切本可以不同……但事实已经如此，也无关紧要了。

这块靠墙的地方在整个墓区里显得僻静隔绝，有许多竖立的墓碑；每一个水平物都围绕着许多直立的对应物，它们就像单腿站立一般。这些方方正正、棱角分明的碑文，给予了这个地方仿佛由黏土板和芦苇笔承载的初生的记忆。所有这些都混杂着一种滑稽的、哥特风格的英语，好像这些石头都携带着久逝之人的趣味。

阿利克已经合上盖的棺椁就安躺在毗邻的墓地里。罗宾斯先生匆匆赶来，想出席下葬过程，并以戏剧性的姿态指挥挖掘工慢慢放低棺椁，以此来表达自己对这位不同寻常的客户的尊敬。瓦莲京娜对尼娜悄悄说了几句话；尼娜打开自己的漆皮钱包，拿出了那一袋泥土。她一边念念有词，一边将泥土一点一点地撒在了棺椁上，像是往汤里撒盐一样。那些挖掘工停了下来，倚在自己的铁锹上。

"等等，等等！"突然传来一声尖叫。送葬者们身后忽然发生一阵骚动。一番推搡之后，戈特利布终于冲破人群，身后还跟着一伙留着胡子的犹太人，总共十人左右。葬礼仪式已经迟了；他们从公交车里一拥而出，没找到墓地办公室在哪儿，一时间迷了路，因为每个人都觉得自己走的方向才是对的。而此刻，这群人正手忙脚乱地戴上祈祷披肩，戴上经文护符匣，在一片混乱之中，他们推开男士，连踩到了女士的脚也不顾，嘴里念出了《卡迪什》①的第一句话："愿他伟大的名能够在这世上广为尊崇传颂，再造新生，使已逝之人复活，得以永生……"他们吟唱的声音悲伤而尖锐，但只有罗宾斯一人听懂了他们这古老悲叹的意义。

"这些古老的希伯来人是从哪里来的？"瓦莲京娜问利宾。

---

① 《卡迪什》(*Kaddish*)，(犹太教的) 哀悼祈祷文。

"什么意思？戈特利布带来的。"

两人没有发现，梅纳什先生已经决定要自己承担起对这可怜的"被俘的孩童"的责任了。

瓦莲京娜渐渐开始怀疑起来，觉得这些犹太人有点太过夸张了；或许他们来自布莱顿海滩①的某个小剧院。我们必须去问问阿利克，瓦莲京娜想；但她即刻意识到，她现在已经有许多事情无人可问了。

葬礼上的祈祷者们仍在继续，但很快就结束了。之后，站在前面的人开始从墓地往后退，而站在后面的人则开始慢慢向前走。墓前堆着的花逐渐多了起来，一直到尼娜的腰那么高；她轻轻抚过每一朵花，把花束搭成了一个奇怪的小房子，或是一个小陵墓，笑了起来；人们从她的样子联想到了一个慢慢变老的奥费利娅。

大家都开始离开了。犹太人将祈祷披肩从自己仿佛被太阳灼焦过的黑色衣服上扯了下来。他们已经退到了后面，但尼娜还等着他们，邀请他们过去守灵。那些犹太人中年纪最大的那一位，光秃秃的头上用橡皮膏牢牢地固定着一顶小帽子，抬起两只已经干瘪的手掩住面孔，他的手指枯黄，用一种悲伤的语调说道："我的孩子，犹太人在葬礼之

---

① 布莱顿海滩（Brighton Beach），位于美国纽约布鲁克林区，是著名的休闲度假场所。

后并不坐下来吃东西，我们只是坐在地上，开始禁食。虽说这时喝杯伏特加也挺不错的。"

他们穿越墓地往回走，一列黑色的衣装呈现出一种流动的感觉，陆续爬上小型巴士。巴士里的白布上饰有几个深蓝色的字母，醒目地写着"锡安圣殿"几个字。

二十

　　麦卡、柳达和焦亚没有出席葬礼。麦卡正忙着把阿利克的画挂起来。她费力地把那些旧画都拖出来，掸去了上面积了两年的灰尘，琢磨着该把它们挂在哪里才比较好。突然之间，她像一只出生七日的小猫咪般睁开了眼，能够清楚地看到画作应有的布局：这幅挂在这里，那幅挂在旁边，另一幅挂在上面，还有一幅就不挂了……没有什么需要麦卡再去思考决定的了，她只要静静地看着那些画，它们自己就会非常美妙、灵性十足地为她排列妥当。

　　"我要去学艺术。"麦卡有了主意，上星期还打算要献身于西藏的念头早已被抛诸脑后了。

　　麦卡最喜欢其中小幅和中幅尺寸的画作，但有一幅大尺寸的画却"希望"自己能够被挂在山墙上。她叫来柳达和焦亚帮忙。那幅巨画足有三米长，过去五年一直都面朝墙壁立在角落里。画面内容十分充实，可能有点太过充实了：秋季聚会，摆满了葡萄、梨、石榴和一壶壶的酒，孩子们和女人们在跳舞，远处有群山若隐若现，一个男人在凉棚下漫步……

柳达正切着奶酪和香肠，做着沙拉。焦亚把从移民食品商那里买来的、仿照俄罗斯-犹太食物自制的特色菜肴摆了出来，看起来很是梦幻：鲱鱼、馅饼、肉冻，还有俄罗斯人都知道的却被别人称作俄罗斯沙拉的奥利维尔沙拉。

所有的客人一时间都到齐了，有一大群人；电梯一共升降了三次才将所有来宾都载到了公寓里。大约有五十个人坐在桌边；那桌子还是用木板和各种杂木料做成的；其余的人拿着自己的盘子和杯子四处走动，就像是在美式鸡尾酒会上一样。奇怪的是，如此拥挤的人群却莫名生出一种空虚感。

来自华盛顿的画廊老板也在场。他们在公寓里走来走去，那架势仿佛是在看展览一样，用挑剔的目光审视着每一幅画。十分钟后，酒会还没开始，画廊老板吻了吻尼娜的手，离开了。

伊琳娜没好气地看着他们走了。那些人直到现在既没有把钱付给阿利克，也没有把他的画给还回来；毫无疑问，伊琳娜会继续和他们打官司。

法伊卡看样子是熟知典礼仪式的专家之一，在婚礼和葬礼上总有她的身影。法伊卡倒了一杯伏特加，上面盖了一块黑面包，放在盘子里。"敬阿利克！"她哭喊道。

　　事情本该如此发展下去。

　　人们在桌边充满期待地窃窃私语；房间里没有高声的交谈，也没有此起彼伏的喧闹，只有单调低沉的声响，偶尔会有玻璃杯相互碰撞发出的叮当声。他们在倒伏特加。

　　就在此时，麦卡出现在了门口。她整个人看起来有些苍白无力，嘴唇肿胀，鼻孔呈现出微微的粉红色。她穿着一件黑色短袖，上面有橘黄色的印字。麦卡汗津津的手上抓着兜里的一个塑料盒子；现在，是时候拿它出来了。

　　尼娜高坐在白色扶手椅的扶手上；尽管没有人坐在那把椅子里。菲马举着一个玻璃杯站着，正要说点什么。

　　"每个人都听着！"麦卡插话道。

　　伊琳娜僵住了：什么话都有可能从她古怪的女儿嘴里蹦出来，但肯定不会是一段规规矩矩的致辞。

　　"大家都听好了！这是阿利克让我带给你们的！"

　　每个人都转过头，看着她；麦卡的脸上呈现出一种深红色，就像是化学反应中的试剂一样。接着她蹲下来，把一盒磁带塞进了放在地板上的录音机里。几乎没有任何停顿，阿利克清晰高亢的声音就响了起来："小伙们姑娘们！

我可爱的小猫咪和小兔子们！"

尼娜一下抓紧椅子的扶手。阿利克的声音仍在继续："我就在这里！我就跟你们待在一起！快倒伏特加！让我们喝起来、吃起来，就像平时一样！"

阿利克就用这样一种简单、机械的方式，打破了横亘在他与这些人之间那道永恒不朽的墙，从雾气缭绕的彼岸上投来一颗鹅卵石，暂时从那里脱身出来。他无须借助巫师或灵媒移动桌子或晃动盘子的原始魔法，向他曾深爱过的人们伸出手来。

"我只求你们一件事，别他妈掉眼泪，行吗？一切都很好，就像它应该的那样！"

焦亚号啕大哭。尼娜睁大眼睛呆呆地站在那里，像是已经化为了一座石像。女人们都像没听见阿利克的请求一样，一齐痛哭起来，而有几个男人也允许自己加入了她们之中。菲马从口袋里拿出一块他用来当手帕的方格子破布。

阿利克好像能够看见他们似的。"你们这些人是怎么了？别哭，我说了！把酒喝起来！干杯！尼娜，敬我一杯！小T恤，关一会儿录音带，亲爱的！"

停顿了一会儿，麦卡并没有立即按下按钮，等到阿利克的声音又响了起来："喝起来！那样就会好多啦！"

麦卡把磁带倒了回去。

人们站起来开始喝酒，并没有互相碰杯；伴随阿利克死后而来的巨大空无感此刻消散了一些，被某种形式的欺骗给填满了。大家都感到有点惊讶：即便是欺骗，但至少也是填满了。

伊琳娜靠在门框旁。为阿利克而流的眼泪早已干涸了，但此刻仍有某种东西在撕扯着她。阿利克到底有什么特别的呢？是因为他爱每一个人吗？但这种爱又是怎么表示出来的呢？他是一个好艺术家吗？卖不出去画就一定不是好艺术家了吗？在生活中，他可能是一个艺术家；是的，他像艺术家一样生活。那么为什么她自己没有活成一个艺术家呢？她为什么要不辞辛苦、克服万难去往山顶推动巨石，挣那么多钱呢？因为你不在我身边呀，我的朋友，伊琳娜想道。你在哪儿呢？

"你们都喝起来了吗？"阿利克又开始说话了，"我希望你们每个人都喝起来，一定要一醉方休！别再摆出那副伤心的面孔了，为什么不跳舞呢？当然了，我知道我自己要说什么：菲马，还有利宾，如果你们今天仍在愚蠢地争吵，没法和好，你们就该倒霉啦。我们之中太少的人，太少的人……敬我一杯，你俩都是，别吵啦！"

利宾和菲马，两个相识于少年时期的朋友，曾经在同一个院子里一起玩耍，此刻隔着桌子互望着，听到了阿利克迟来的"咒骂"，彼此笑了笑。在盛夏最炎热的这几个月里，他们早已和好了。过去几天里，拥挤的人群、激动的气氛，同莫斯科的坦克、枪声、军队一起，并没有明确地针对谁，但却恰到好处地使他们从此冰释前嫌。

"他们没有碰杯，他们没有碰杯！"法伊卡用激动的语气叽叽喳喳说道。

"等等，他们拿的是纸杯。"瓦莲京娜把葡萄酒倒进玻璃杯里，他们就互相碰起杯来，动作有些笨拙，发出有点听不真切的声响。

"敬你，老无赖！"菲马带着哭腔叫道。

"敬文胸！"利宾说道。于是，两人都想起了那个有着骨质大纽扣的白色文胸，上面还用粗线缝着金属扣环。那是在战后的哈尔科夫，他们正值年少，恍若隔世。

"朋友们，我无法感谢你们，因为这样的感谢是不存在的，"阿利克的话音继续着，"我对你们怀有崇敬的热爱，对你们所有人，特别是姑娘们。我甚至对这该死的病也很感激。如果不是生了病，我大概永远也不会知道原来你们这样好。不，这些话太蠢了，我一直都这么觉得。我想敬你们一杯。敬你，尼娜，要坚持住！敬你，小T恤！敬你，瓦莲京娜！焦亚，还有你！皮罗日科娃，我爱你。法伊卡，谢谢你，可爱的小猫咪，你拍的照片都好极了。柳达，娜塔莎，敬你们每一个人。小伙子们，也敬你们！只有一件事儿——我希望这能是一个充满欢乐的聚会。就这样，其他去他妈的。"

磁带的声音变了，出现了轻微的沙沙声。没有人说话，只有呼哧呼哧的喘气声。没人喝酒了，大家都手持玻璃杯静静地站着，听着录音机里喘不过气儿来的急促呼吸声，以及从楼下街道突然闯入录音的印第安音乐。

每个人都竖起耳朵，想再听到点重要的东西，后面还有一段：电梯升上来了，门"哐当"一声打开，阿利克说道："好了，小T恤，把磁带停了吧。"这是他平日里一贯的疲惫声音，不带丝毫痛苦与悲伤。"咔嗒"一声，一片寂静。

欢乐并没有立刻出现。有那么片刻实在是太过安静了。阿利克，一如往常，做了些不寻常的事。三天之前他还活着，接着他死了；而此刻，他却处在了一个奇怪的第三位置，每个人对此都感到震惊与悲痛，尽管他们也没有阻止酒精来发挥作用。

人们来到桌边，拿着盘子、杯子又走了，成群结队地来了又离开。之前还从没有过这么多三教九流的人聚在一起。阿利克的音乐家朋友们来了，其中有些人大家从未见过；阿利克是在哪儿认识的他们，他们又是怎么得知阿利克的死讯的，这些都无从得知。那些巴拉圭人互相紧贴着站在一起，带头的是那个长着深粉色疤痕的人，面容粗犷而英俊。来自哥伦比亚大学的教授同垃圾收集车的司机正聊得火热。伯曼一直很喜欢焦亚，但他工作压力太大，已经有两年多时间没碰过女人了；伯曼不确定这时候该不该把精灵放出魔瓶。如果伯曼能够知道阿利克所知道的东西，他就不会继续这么深思熟虑了。因为焦亚不仅是一个处女，她还是塔西佗①提到过的一个罗马高贵家族的后裔。

尼娜让人从阁楼上取了一个灰盒子下来。盒子里有着无价的宝贝，那是很久以前托外交官朋友从俄罗斯寄来的："铁幕"阴影下悄悄问世的第一支爵士乐。X光碟上古老笨重的黑色平盘是自制的，几个棕色线轴上还有第一盘磁带的录音。

只有阿利克才知道怎样正确地跳探戈，那复杂精妙的舞步、令人兴奋的突转和使人神魂颠倒的倾倒，在五十年代顺理成章地发展出了摇滚舞。

此刻，利宾代替了阿利克，和尼娜一起跳起舞来。利宾的步伐飘忽不定，或扭曲或旋转，但他没有那种必不可

---

① 塔西佗（Tacitus），古罗马伟大的历史学家。代表作有《历史》《编年史》《阿古利可拉传》《日耳曼尼亚志》。

少的慵懒的艺术气息去为探戈添加上它独有的韵味。那个黑人萨克斯管演奏家很喜欢有点苍白无力的法伊卡，但法伊卡十分矛盾：和大多数俄罗斯移民一样，法伊卡也是种族主义者，而此刻她面前的这个男人毫无疑问是美国文化的产物，她还没有试过这一类型的。

整个聚会渐渐恢复了往日的生气。有几个人感到不适，先走了。伯曼和焦亚也走了。两人都已经作出了决定，只是不确定是否是正确的决定。焦亚紧张到发抖，很害怕自己会在那一刻来临时变得歇斯底里。但一切都进行得十分美妙，到了早晨，两人都意识到，自己这些年的单身生活没有白过。

十点钟刚过，房东来了，一旁陪同的是慌乱不安的克劳德。他已经告诉老板房客的死讯了。等了几天，在留出了一段还算礼貌的空当期后，房东就来通知尼娜在下个月头一天搬离这间公寓。

克劳德亲自将文件交给尼娜，尼娜却把他错认成了别的人，亲了亲他，用俄语让他给自己找杯酒喝。她整个人心不在焉的，一松手，文件掉到了桌子上，又从桌子飘到了地上。尼娜没想着去把信捡起来。房东有些不高兴，耸了耸肩，走了；克劳德试着劝说房东，按照俄罗斯传统习俗，他应当留下来守灵，但房东没听他的。

有人开始播放一盘旧磁带，是五十年代末轰动一时的莫斯科爵士乐更为幽默欢乐的版本：

> 莫斯科，卡卢加，洛杉矶
>
> 加入一个集体大农场
>
> 在圣路易斯的一百层高楼之上
>
> 俄罗斯人万尼加反复演奏着即兴曲段……

大家听到老音乐都露出了笑容，这一点美国人与俄罗斯人都一样，但对于俄罗斯人来说却有着更多的含义：因为这支音乐，他们曾在聚会上突遇袭击，被学校、学院开除。法伊卡试着对她的舞伴——黑人萨克斯管演奏家——解释这一切，但却找不到一个合适的字眼；你如何能够解释呢？一切都是如此悲伤。突然之间，某种狂欢从中突围，这是一种甜蜜的东西，一种生理上的快乐，即便大家心中仍充斥着沉重的悲伤。这就是驱动他们一直前进的东西。

柳达早已把这个地方当成了自己家，喝了几杯酒之后她就忘记自己身在何处了，一跃而起，要去找邻居托莫奇卡，想把自己的心事一吐为快，却忘记了斯列德尼–季希斯基街并不在附近。

"妈妈，你喝醉后变得真滑稽。我还从来没见过你这样，还挺适合你的。"柳达的儿子把她从门口拉了回来。

麦卡走向伊琳娜，碰了碰她的肩。

"我们走吧。我真是受够了。"

麦卡的脸上露出一种严肃冷峻的神色。

纤瘦的伊琳娜跟着她有些苍白无力的女儿下了楼，来到了大街上。伊琳娜忽然发现她和女儿之间有些东西正在变化，或许早已经改变了：过去几年来，伊琳娜时常能够感受到女儿对自己怀有一种郁郁的不满，这种颇为紧张的关系此刻仿佛已融释消失了。

"妈妈，谁是皮罗日科娃？"麦卡问道。

这是麦卡第一次听到这个姓氏。

伊琳娜没有立即回答，虽说为了这一刻她已经准备了很久了。"我就是皮罗日科娃，"伊琳娜终于开口道，"年轻的时候，我们曾在一起过，那时候我差不多跟你现在一样大。后来我们吵了一架。几年之后，我们又重逢了，但过了些日子又分开了。为了纪念那次重逢，皮罗日科娃选择留下了他的孩子。"

"对皮罗日科娃来说是件好事，"麦卡点点头说，"那他知道吗？"

"那时候，不知道。后来的话，可能吧。"

"挺好的父母。"麦卡叹了一声。

"你不喜欢他们吗?"伊琳娜站住了;对于女儿不喜欢的事情,她还是耿耿于怀。

"不,我喜欢。而且别的父母会更糟糕。他当然知道这一点。"麦卡的声音带着疲倦,又有了几分大人的成熟和稳重。

"你是这么想的?"伊琳娜震惊道。

"我不用想,我本来就知道,"麦卡的语气十分坚定,"他不在这里,真是太糟糕了。"

房间里英语与俄语交杂的低沉的谈话声忽然被一声尖叫打破了。瓦莲京娜扯下黄衬衫上的第一颗纽扣,踢掉了脚上的黑色中式拖鞋,那姿势看起来就像是派头十足的吉他手在拨弦一样。她拖着粉红色的粗脚踝,向外大步走着,衣服上的扣子掉了一地,脸上闪烁着光亮,就好像一个上了漆的俄罗斯娃娃,用一种高亢而性感的声音唱道:

嗨!那个男孩

把你的焦油搅起来

我也开始和面团

让我们一起搅油、和面吧!

瓦莲京娜用力拍着大腿，灵活地在脏兮兮的地板上跺脚。她曾一直在俄罗斯北部田野上四处漫游，度过了她的学生时代，在波利西亚①搜集着人们四处传唱的歌谣片段，那地方在阿尔汉格尔斯克附近，位于伏尔加河的上游河段。瓦莲京娜总是拿出别人学习细胞核和飞鸟迁徙运动的法子来学习那些低俗下流的民歌。她记得上千首小歌谣，记得它们数不清的所有变体、方言和曲调，只须张开嘴巴让那些歌谣从她口中倾泻而出，生气勃勃、一如当初，就仿佛瓦莲京娜刚从一个乡村聚会上回来一样：

朝我的熨斗吐口水吧

我的熨斗很烫……

瓦莲京娜在自己周围撒了一圈燃烧的小煤块，她黢黑的脚后跟像鼓点一样跺着地板，就好像煤块从炉子里掉了出来时要去踩灭它们一样。

巴拉圭人在一旁非常欢乐，尤其是他们的领头人。

"这是什么音乐？"那位萨克斯管演奏家问法伊卡。但法伊卡根本找不到合适的词汇去描绘，只是说："俄罗斯乡

---

① 波利西亚，位于北乌克兰和南白俄罗斯之间的一个历史地区。波利西亚是斯拉夫人的发祥地，自古以来就保留了众多东斯拉夫人的文化和传统。

村音乐。"

就在瓦莲京娜唱起那一支支民歌之前，尼娜以一种戏剧性的姿态走向了房间，她高抬着头，挺直着背。半明半暗之中，尼娜坐在床沿上，听见有玻璃杯相互碰撞的叮当声，意识到自己并非一个人。她看见阿利克此刻正背对着她蹲在角落里，穿过那些剩下的药草瓶子走了过来，像是在找什么东西。

尼娜并没有感到很惊奇，仍旧坐着不动。

"你在找什么呢，阿利克？"

"我记得这里有个小瓶子的，深色的玻璃。"阿利克嘟囔道。

"在那儿呢。"尼娜回答。

"啊，原来在这儿。"阿利克站起来，开心地把那个深色瓶子握在自己的红色旧衬衫前。

尼娜想告诫他小心一些，因为那个深色瓶子里的混合物残留着令人作呕的棕色斑点。但阿利克径直从她身边走过，尼娜发现他真的完全恢复了，就像以前一样走来走去，仍旧是他一贯轻快的脚步，两个膝盖时而会微微分开一下。还有呢，阿利克经过尼娜的时候摸了摸她的头发，不是那种草率随便的抚摸，而是以他一直以来的那种特别的方式。

手指像发梳一样分开，轻柔地伸至发根处，从前额一直滑到她的后颈。尼娜还看到自己的十字架就挂在阿利克的胸前，她意识到原来一切都很好。

我必须去告诉瓦莲京娜，尼娜这么想着，头靠到了枕头上。

她没法告诉瓦莲京娜，因为瓦莲京娜早已到了一个很远的地方。在浴室内用来冲澡的那个隔间里，那个矮胖健壮的印第安人正用他又短又结实的性器顶入瓦莲京娜的身体。她看到印第安人黑色的头发垂落在他凹陷的面颊上，一条疤痕在乌青色的皮肤上紧绷着。瓦莲京娜感觉自己的四肢都戴上了镣铐，同时感到自己悬在半空中，失去支撑，仿佛被榔头重重地往上撞击着……此刻正在发生着的一切，与瓦莲京娜以前所经历过的完全不同。她的大脑已经一片空白。

二十一

半夜电话铃突然响起,把伊琳娜从睡梦中吵醒了。

大概是尼娜喝醉了打过来的,伊琳娜想,接起了电话。她瞥了一眼手表:刚过凌晨一点钟。

但打来电话的并不是尼娜,而是一个画廊老板,专做文书工作的那一个。

"关于你的委托人,有件很紧急的事情,"那人语调并不友好,"我们希望立刻能够取得他工作室里所有余下的画。"

伊琳娜继续沉默着,像是受过训练一样。

"当然了,我们猜想你会中止所有的法律诉讼,"他继续说道,"现在我们的关系需要重新考察一下啦。"

一、二、三、四、五……明白!

"那首先呢,关于法律诉讼,这根本就是另外一回事,这两件事是无论如何都不可以混为一谈的。至于我的委托人的画嘛，我要去伦敦处理一些跟这些画有关的事，等到下周末我回来的时候，倒是可以跟你讨论一下。"伊琳娜撒了个谎，带着一种强烈的职业性的满足感。

伊琳娜一点儿也不困了。她起身去了客厅。麦卡的房门下射出来两道光。伊琳娜敲了敲门，走了进去。

尽管天气很热，麦卡依旧穿着一件长睡衣，支着手肘，她推开书本，问道："怎么了？"

"看起来，阿利克终究还是一个不错的艺术家。那些骗子刚打来电话，想买下他所有的画。"

"你是认真的？"麦卡笑了起来。

"当然了。我会给你挖出一大笔遗产来的，孩子。"

"开玩笑吧，什么遗产？那尼娜呢？"

"尼娜才不关我的事呢。为了这笔钱，我们得拼命工作了。"伊琳娜的脸上写满了疲惫，麦卡觉得妈妈有点老了，而且在夜里、没有化妆的情况下，妈妈看起来一点儿也不漂亮，只是一个普通的女人。

"你知道的，我们去俄罗斯吧。"麦卡挪到一边，在床上给妈妈腾了个位置。

多年来，麦卡一直都没法独自安睡，伊琳娜常常从城镇的另一头赶来，这样她那闷闷不乐、寡言少语的女儿就能够把头枕在妈妈的肩膀上，渐渐睡去。

此刻，伊琳娜躺在麦卡的身边，调整了下姿势，她感到更舒服了些。"我也想过这事。是的，我们要去俄罗斯，一定会去的，只是我们得等他们先把事情整理出一点儿头绪后再说。"

"整理出什么头绪？"

"你知道，等局面真正安定下来一点，或者其他什么。"

"但是阿利克说了，要是真的安定下来，这个国家也就不是原来的那个国家了。"

"别担心，那里从来就不会有真正风平浪静的时候……"

伊琳娜轻轻抚摸着女儿红色的头发，这一次麦卡没有咕哝着闪避开去。

那么，伊琳娜想，这大概就是一切的结局了吧。

纽约—莫斯科—努瓦尔山 1992 年 7 月